書下ろし

夢《ゆめ》燈《どう》籠《ろう》

深川鞘番所⑨

吉田雄亮

祥伝社文庫

目次

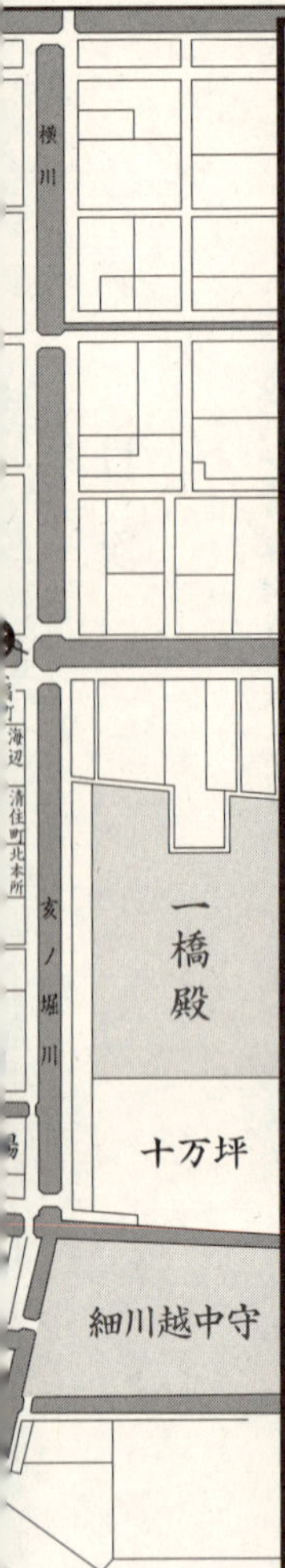

深川繪圖

㊀ 深川大番屋(鞘番所)
㊁ 靈巌寺
㊂ 法苑山 浄心寺
㊃ 外記殿堀(外記堀)
㊄ 三櫓
㊅ 摩利支天横丁
㊆ 馬場通
㊇ 大栄山金剛神院 永代寺
㊈ 富岡八幡宮
㊉ 土橋
(十一) 三十三間堂
(十二) 洲崎弁天

(い) 万年橋
(ろ) 高橋
(は) 新高橋
(に) 上ノ橋
(ほ) 海辺橋(正覚寺橋)
(へ) 亀久橋
(と) 要橋
(ち) 青海橋
(り) 永代橋
(ぬ) 蓬萊橋

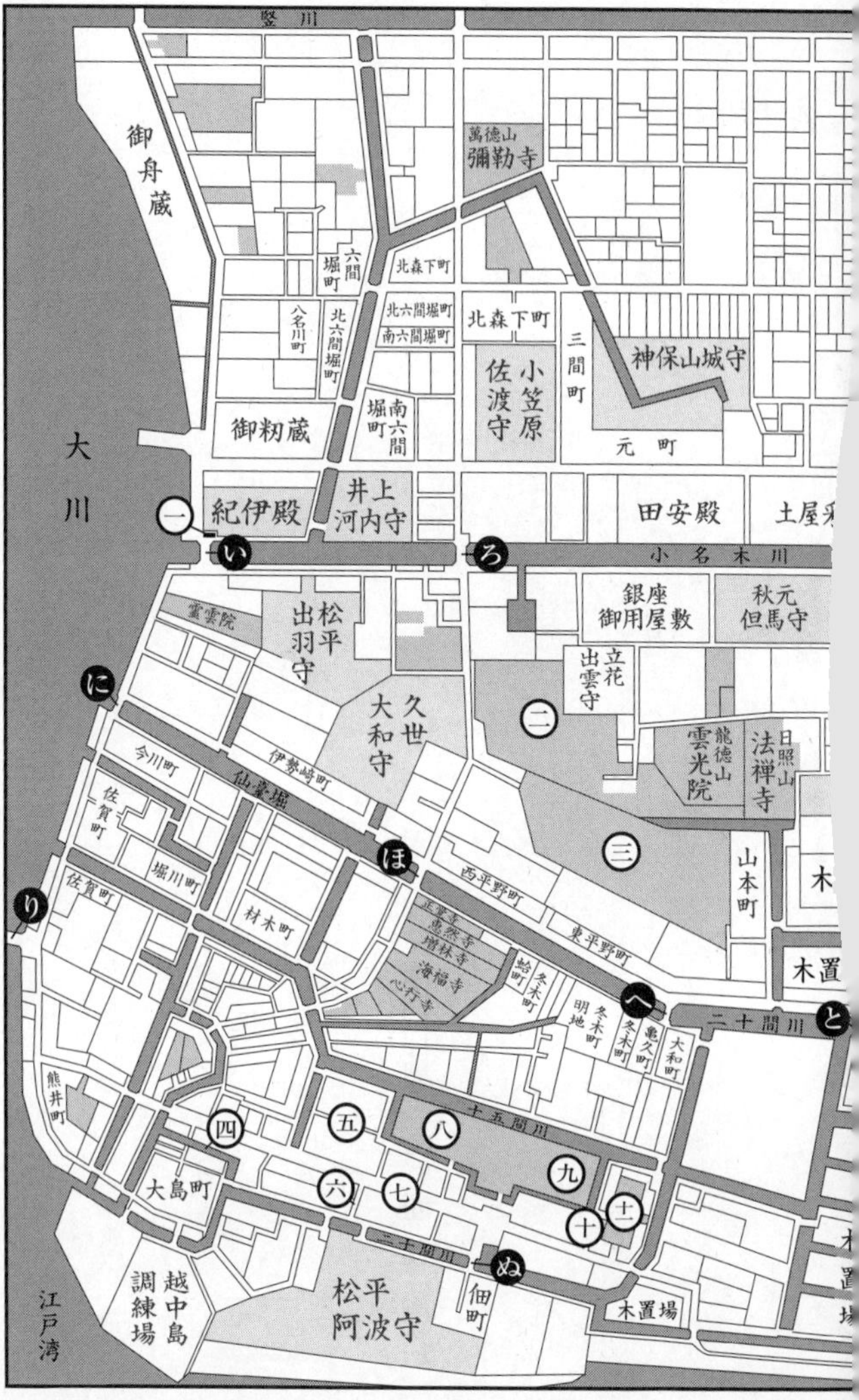

竪川
御舟蔵
萬徳山
彌勒寺
六間堀町
北森下町
八名川町
北六間堀町
北六間堀町
南六間堀町
北森下町
三間町
神保山城守
小笠原佐渡守
南六間堀町
御籾蔵
元町
大川
井上河内守
紀伊殿
田安殿
土屋采
小名木川
銀座御用屋敷
元秋但馬守
靈雲院
松平出羽守
立花出雲守
久世大和守
龍徳山雲光院
日照山法禅寺
今川町
伊勢崎町
仙臺堀
佐賀町
堀川町
佐賀町
西平野町
材木町
山本町
東平野町
正覚寺
恵然寺
増林寺
海福寺
心行寺
蛤町
冬木町
明地
冬木町
冬木町
亀久町
大和町
木置
二十間川
熊井町
十五間川
大島町
二十間川
越中島調練場
松平阿波守
佃町
木置場
江戸湾

本文地図作製　上野匠（三潮社）

一章　幻影光陰《げんえいこういん》

一

一《いち》ノ鳥居《とりい》が、紺碧《こんぺき》の空を切り裂いて聳《そび》え立っている。

突然……。

蹄《ひづめ》の音が響き渡った。

日頃は、富岡《とみおか》八幡宮へ参拝する者が往来している通りである。疾駆《しっく》する馬など、いるはずがなかった。

が……。

通りには、馬蹄《ばてい》に蹴散らされた土塊《つちくれ》がはじけ飛び、もうもうたる土煙があがっている。

馬上にある、武士の狩装束姿の射手《いて》が弓に鏑矢《かぶらや》をつがえた。

馬を駆りながら弓を引き絞る。

矢が放たれた。

矢は、見事に的《まと》に突き立っていた。

あがったどよめきに拍手が入り混じる。

その喝采《かっさい》に、さらに馬蹄の響きが重なった。

つづく射手が弓を引く。

矢が、風を切って飛んだ。

ふたたび的に矢が突き刺さる。

拍手喝采が湧き上がった。

間を置いて、騎乗する射手が次々と疾駆してきては矢を放った。

一ノ鳥居から入船《いりふね》町に至る馬場《ばば》通りの富岡八幡宮近くに設けられた横八間、縦三町の馬場には、同じ間隔をおいて三枚の板の的が立てられている。

毎年恒例の富岡八幡宮の流鏑《やぶさ》馬《め》神事は、いま、まさに最高潮に達しようとしていた。

馬場のまわりには鈴なりの人だかりができている。

馬を駆る射手がひた走る馬場と群衆を隔《へだ》てるように、太縄が張られていた。

見物客たちの最前列に、左右にいる幼い佐知《さち》と俊作《しゅんさく》の肩に手をかけたお俊《しゅん》の姿があった。射手が的に矢を命中させるたびに、三人は手を叩き歓声をあげつづける。

祭り半纏《ばんてん》を身にまとった男たち、着飾った町娘や内儀たちのなかに混じると、太さの違う縦線模様の滝筋の小袖を身につけた、不断着のお俊の姿はかえって目立ってみえた。佐知と俊作も、お俊同様、いつもとかわらぬよそおいだった。

二度、矢を射ながら疾駆した射手たちが、これで終いと決められた三度目の流鏑馬に挑むべく走り出す位置についた。

群衆が、固唾《かたず》を呑んで静まりかえった。

その静寂を破って、

「掏摸《すり》だ」

との、叫び声が上がった。

人だかりの一角が割れ、焦《あせ》った様子で懐《ふところ》を広げ、小袖のなかをあらためている、四十がらみの番頭風の男の姿が現れた。

「財布がない。財布を掏《す》られた」

わめきたてる番頭風を見やったお俊が、目の端で、そばにいる職人風の男の姿をとらえた。

懐かしい顔だった。

昔と違って、粗末な、木綿《もめん》の小袖を着込んでいる。

堅気《かたぎ》の職人とみえる出で立ちだった。

その男の姿から、お俊は目を離すことができなかった。

さながら吸い寄せられるかのように、その男の動きを追っている。

「掏摸だって。どいてくんな」

声高にいいながら十手《じって》で野次馬たちをかきわけて岡っ引きが近づいてきた。

祭り半纏をはおった安次郎《やすじろう》だった。

見物客で賑わう流鏑馬の日である。祭りに揉め事はつき物だった。そんな騒ぎにそなえて安次郎は、祭りに出かけてきた男たちに溶け込むよう、祭り半纏をまとって、どこかで警戒にあたっていたのだろう。

番頭風に歩み寄ろうとした安次郎に、

「おじさん」

と、呼びかけた者がいた。

足を止めて安次郎が振り向く。

満面に笑みを浮かべた俊作がいた。

「俊作、来てたのか」

おもわず微笑《ほほえ》んだ安次郎が傍《かたわ》らにいる佐知とお俊に気づいた。

「佐知ちゃんもいるのかい」

近寄って安次郎が声をひそめて問いかけた。

「お俊、怪しげな奴を見かけなかったか」

「いいとこに来てくれたよ、安次郎さん」

「いいところに来てくれただって。いったい、何のこったい」

訝《いぶか》しげに顔をしかめた安次郎に、

「ちょいと急ぎの用をおもいだしてね。のっぴきならない用件なのさ。佐知ちゃんと俊作ちゃんを鞘番所《さやばんしょ》まで送っていっておくれな。この通り」

片手拝みしたお俊が安次郎の否やも聞かずに佐知と俊作に話しかけた。

「佐知ちゃん、俊作ちゃん、安次郎おじさんから離れちゃいけないよ。ぴったりと、くっついていくんだよ」

「わかった」

「そうする」

ほとんど同時に佐知と俊作がうなずいた。

「いい子だね。安次郎さん、頼むよ」

いうなりお俊が背中を向けた。

「待ちな、お俊。待てって、おれにゃ、やらなきゃならねえことがあるんだよ」

振り向きもしないで人混みのなかに消え去るお俊に、舌を鳴らした安次郎が、

「いっちまった。思い込みの強いのと身勝手過ぎるのは深川《ふかがわ》育ちの女の悪癖みてえなものだが、まったく、どうにもならねえな」

振り返って佐知と俊作に声をかけた。

「ふたりとも、ここを動いちゃいけねえぜ。おじさんは、掏摸に財布をとられたと騒いでるお人から、話を聞いておかなきゃならねえ。終わるまで待っていてくんな」

「待ってる」

と佐知がいい、黙ったまま口を真一文字に結んで、うん、と俊作が大きくうなずいた。


木綿の小袖を身にまとった職人風の男をお俊は追っている。

男はいた。

人混みのなか、ぼんやりと立ち尽くしている。

が、すぐにお俊は気づいた。男は決して気をゆるめてはいなかった。その眼は油断

なく周囲に注がれている。

人の群れをかきわけるようにしてお俊が足を踏み出したとき、男が踵《きびす》を返した。

（気づかれた）

そう、お俊に感じさせるような間合いでの男の動きだった。

男は一ノ鳥居へ向かってすすんでいく。

見失わないよう目を注ぎながら、お俊はつかず離れず男を追いつづけた。

通りの左右にある商家や茶屋の軒先には祭り提灯《ちょうちん》が掲《かか》げられ、つらなっている。

表戸は大きく開け放たれていた。

表戸からつづく板敷には、いかにも値の張りそうな金泥の絵の具をふんだんにつかった華やかな色づかいの屛風《びょうぶ》が、通りから見えるように飾ってある。知り合いが顔を出したら振る舞うのだろう、屛風の前には薦《こも》かむりの酒樽が、その傍らには枡《ます》を積んだ盤が置いてあった。祭り半纏を着込んだ、その屋の若い衆が、やってくる客を迎えるためか、板敷の上がり端に所在なげに坐っている。

建ちならぶ御店や茶屋などが、花鳥風月《かちょうふうげつ》、平安絵巻、風光明媚《ふうこうめいび》な四季折々の風景を華麗な色合いで描いた屛風を通りから見えるように飾って、その豪華さを競うのも、祭りのひとつの景色となっている。

不思議なことに、祭りの日には必ず見かける法被《はっぴ》姿の男たちの姿は、どこにも見当たらなかった。

神輿《しんよ》三基を本所《ほんじょ》一ノ橋の南、御舟蔵《おふなぐら》の前にある御旅所へ神幸《しんこう》し、同日、帰輿《きょ》する富岡八幡宮の本祭《ほんまつり》は、一年おきの八月十五日に行われる。本祭ではない、この年の祭りには神輿を担ぐときにまとうことのおおい法被を着ている者はいなかった。

が、お俊には、飾られた屏風に目を向けたり、法被姿の男衆がみえないことを気にしたりする余裕はなかった。ただひたすら、前を行く男の動きを目で追っている。

男が右に折れて神橋横丁へ入っていった。神橋横丁は富岡八幡宮の裏門の前の掘割に架かる神橋へ通じている。

このまますすむと富岡八幡宮に入っていくことになる。

そんな馬鹿な。そんなこと、あるはずがない。あのときには、一言のことばもなかった。それなのに、富岡八幡宮の境内《けいだい》へ足を向けるなんてこと、あるはずがない。いまさら、そんなこと、起きるはずもない。不意に湧いたおもいに、お俊のこころは、乱れに乱れて、激しく昂った。

男は一度も後ろを振り向こうとはしない。様子からみて、お俊の尾行には気づいていないようにおもえた。

どこへ行き着くか見届けなければいけない。おそらく財布を掏ったのは、あの男。まず間違いない。あたしは鞘番所の手先もつとめる女、掏摸を見逃すわけにはいかない。何度もこころに言い聞かせることで、揺らぐおもいを懸命に抑えているお俊だった。

そんなお俊の憂悶を知ってか知らずか、男は、のんびりとした足取りで歩いていく。

まもなく神橋であった。

二

神橋の向こうに大黒天の鳥居がみえる。橋を渡った男は、大黒天の前を右へ折れた。境内の道脇には、日頃は見かけることのない、縁起物の和紙の面、風車や竹細工などの品を商う天道干《てんどうぼし》がつらなっていた。

見え隠れにお俊は男をつけていく。

深川不動のある辻を左へ折れた男は、富岡八幡宮の社殿の脇をすすんでいった。

境内にある小さな池で、水鳥が十数羽、ゆったりと泳いでいる。このあたりにくると人通りが少ないせいか、天道干は、まばらに出ているだけだった。

池を通りすぎた男は裏手の油堀へ向かって歩いていく。油堀を利用して舟で参拝しにくる者たちのために、本社の裏手の岸辺に船着き場が設けられていた。

男の歩調が変わることはなかった。男の行く先は、あらかじめ定まっているとおもえた。

本社と船着き場の間、油堀沿いに末社の建ちならぶ一角がある。一段高くなった末社のそば、通りの脇に石燈籠《どうろう》が三基、建ちならんでいた。

男が、その石灯籠に向かっていると察したとき、お俊は、おもわず足を止めていた。

こころなしか、胸がときめくのを感じた。

建ちならぶ三基の石灯籠。

お俊にとって、それらの石灯籠は、遠い昔に、掏摸仲間の目をかすめて、初めて惚れた男と逢瀬を重ねた、いまおもいだしても熱い想いが胸の底から湧き上がってくる、激情と切なさが凝縮された一点であった。

男は三つならんだ石灯籠の後ろへまわった。真ん中の石灯籠に躰を寄せ、ゆっくりと顔をお俊に向けた。

瞬間……。

時が、逆流したような錯覚に、お俊はとらえられていた。

「与吉《よきち》さん」

おもわずお俊は口に出していた。

駆け寄って、与吉に抱きつきたい、との衝動がお俊を襲った。

足を踏み出そうとしたとき、お俊のそばでけたたましい幼子の泣き声が響いた。

振り向くと三歳ぐらいの男の子が地面に倒れていた。走り寄った小商人風の男と女房が幼子を抱き起こしている。おそらく、親子で八幡宮詣《もう》でにやってきた楽しさに、ついついはしゃいで走り出した幼子が、石にでもつまずいて転んだのだろう。

泣きじゃくる男の子の様子が、お俊に俊作のことを思い出させた。脳裏に、無邪気《むじゃき》に笑いかける佐知の顔が浮かんだ。

そのことが、お俊を現実に引き戻した。

燈籠の後ろに立ったまま与吉は、身動きひとつしない。表情が硬かった。

背筋を伸ばしたお俊が、凝然と与吉を見つめた。

理無《わりな》い仲になって二年の間、掏摸仲間の眼をかすめて忍び会ったお俊と与吉であった。その与吉が、一言のことばもかわすことなく、お俊の前から姿を消して、すでに五年の歳月が流れている。

掏摸だった頃の与吉は、つねに身につけるものには気を配っていた。洒落者《しやれ》といってもいい。

一見、与吉は御店につとめる堅気の奉公人にみえるよう地味な出で立ちを心掛けていたが、身についた小粋《こいき》さは隠しようがなかった。どうみても、与吉は、遊び好きの御店者にしかみえなかった。が、その、躰全体から滲み出る与吉の、どこかあか抜けた様子が、お俊は好きだった。

掏摸の親分、伊佐吉《いさきち》に犯され、無理矢理、情婦にされたお俊だった。そのことを知る掏摸仲間は、お俊に一目置くというか、余計なかかわりをもって伊佐吉に睨《にら》まれるのは何かとまずい、とでもおもっていたのか、親しげに声をかけてくる者はひとりもいなかった。

そんな中、何くれと声をかけてくれたのが与吉だった。与吉は役者になったら女形もつとまりそうな優形のいい男だった。

何度か、親しく口を利き合ううちに、お俊は次第に与吉に惹《ひ》かれていった。

夢中になったのは、お俊のほうだった。伊佐吉の眼を気にする与吉を口説きに口説いて、男と女のかかわりをもった。

まわりの目を盗んで、ふたりは逢瀬を重ねた。

そして……。

別れは、突然、訪れた。

すぐにもどってくるに決まっている。のっぴきならない急ぎの用ができたに違いない。そうでなきゃ与吉さんが、あたしに声もかけずにいなくなるはずがない。与吉さんも、あたしのことを好いてくれている。そのことだけは、はっきりしている。

あたしは与吉さんを信じている。そうおもって、お俊は、ただ待ちつづけた。

が、一月《ひとつき》たっても、二ヶ月過ぎても、与吉は帰ってこなかった。

掏摸仲間は、お俊の前で与吉の話をすることはなかった。むしろ、お俊を避けるような態度をとるようになっていった。

三ヶ月目になると、お俊も、さすがに、与吉さんはもう帰ってこないんだ、あたしは捨てられたんだ、とおもわざるを得なくなった。

それから後のお俊は、せっせと稼業に精をだした。

掏って掏って、掏りまくる。

道行く人の懐から銭入れや巾着《きんちゃく》を、みごとに抜き取ったときの、ざまぁみろ、あたしの巾着切りの技は、まさしく神業《かみわざ》、銭入れを掏られたことに誰ひとりとして気づかない、間抜け面《づら》をさらした奴らばかりだ。勝ち誇って人を見下し小馬鹿にする快感が、お俊を虜《とりこ》にした。

そんな荒稼ぎに明け暮れるお俊にも、巾着切りをつづけることに虚《むな》しさを感じる日々が訪れた。

やがて掏摸稼業に嫌気がさしたお俊は、暮らせるていどの銭を手に入れればいい、と考えるようになっていった。

足を踏み出したお俊が与吉から目を離すことはなかった。じっと見据えたまま、一歩一歩、与吉に近寄っていくお俊の頭の中で、与吉と過ごした日々が走馬燈のように回りつづけた。

そんなお俊の視線を、悪びれることなく与吉が受け止めている。その眼のなかには、お俊との触れ合いを懐かしんでいる様子は微塵《みじん》も見うけられなかった。むしろ、詫《わ》びているとしかおもえぬ光が与吉の眼の奥にある。むかしの、鯔背《いなせ》な与吉の眼差しは、すでに失せていた。

燈籠のそば、与吉の真向かいでお俊は足を止めた。

じっと与吉を見据えて、お俊が声をかけた。

「掏ったね、与吉さん。人混みのなかで見かけたあんたは、掏摸の目つきをしてたよ」

「面目ねえ、このとおりだ」

深々と与吉が頭を下げた。

「みれば堅気の職人風の出で立ちをしているようだけど、その格好は掏摸と見破られないための、見せかけの形《なり》なのかい」

顔を上げた与吉がお俊を見つめた。その眼に、いいしれぬ哀しみが宿っていた。おもわずお俊は目を背けていた。与吉に目をもどすことなく、ことばを重ねた。

「何だよ、いやに哀れっぽい目つきをするじゃないか。いつも強気だったおまえさんはどこにいったんだよ」

無意識のうちにお俊は、むかし、与吉とふたりだけでいるときに呼んでいた、おまえさん、ということばを使っていた。そのことに、お俊は気づいていない。

じっとお俊を見つめたままでいる与吉も、おまえさん、と呼びかけられたことに気づいた様子はみえなかった。

「お俊さん、すまねえ。五年前、別れも告げずに姿をくらましたゆくたてを、いまさら、しのごの言い訳する気はねえ。ただ、おれが弱かった。弱くて、怖《お》じ気づいた。

あの頃は、このまま深川にいたら殺されるかもしれねえ、と、ただそれだけしか考えなかったんだ。ただ詫びるしかねえ」

さらに与吉が深々と頭を下げた。

「何の話だい。遠いむかしのことだ。あたしゃ、すっかり忘れちまったよ」

顔を上げた与吉が縋る眼でお俊を見やった。

「お俊さん、頼みがあるんだ」

「頼み？　聞けることと聞けないことがあるよ」

尖《とが》ったお俊の物言いだったが、眼差しには和らいだものがみえた。

「これを、つい手を出してしまったこいつを」

言いよどんだ与吉が唇を真一文字に結んで、懐に手を突っ込み銭入れをとりだした。

銭入れをお俊に差し出して、与吉がことばを重ねた。

「みっともねえが、このところ日傭取《ひようとり》の仕事にあぶれちまって明日、食えるか食えないかの有り様。気晴らしに流鏑馬を見にやってきたら、あの人だかりだ。これなら巾着のひとつぐらい、とおもったら、もういけねえ。勝手に指が動いていた。が、昔のようにはいかねえ。掏り取ったはいいが、すぐに相手に気づかれて『掏摸だ』と騒ぎたてられてしまった。逃げようとしたら誰かの視線を感じた。さりげなく眼を走らせると、見ているのは何とお俊さんだ。咄嗟《とっさ》に、お俊さんなら、ついしでかしてしまったことの後始末を頼めるかもしれねえと、つけてきてくれるのを願いながら、ここまでやってきたんだ。この燈籠のとこで待ってりゃ必ずお俊さんがやってきてくれる。そう念じて、ここに来たんだ」

「この銭入れを、どうしろというんだね」

「拾った、とでも適当に言いつくろって自身番に届けてほしいんだ。掏った相手はどこかの自身番に、銭入れを盗《と》られた、と届け出ているはず。届けが出ていたら銭入れは必ず持ち主の手元にもどるだろう。薄情なことをしでかした不実なおれが、頼み事をする。筋違いのことだとおもうが、是非とも引き受けてもらいてえ。この通りだ」

銭入れを持った手を拝むように重ね合わせた。

黙ってお俊はそんな与吉を見つめている。

「お願《ねげ》えだ。無理は承知の頼み、いいたいことは山とあるだろうが、何が何でも引き受けてほしい。いまのおれにゃあ、お俊さんの他には、こんなことを頼める相手がいねえんだよ」

ふう、とお俊が大きな溜息をついた。

銭入れを手にとって、いった。

「この銭入れ、鞘番所に届けとくよ」

「すまねえ。恩に着るぜ」

銭入れを懐に入れてお俊が与吉に顔を向けた。

「銭入れがどうなったか、与吉さんも知りたいだろう。いま、どこに住んでるんだい」

「元八幡宮の近く、砂村新田《すなむらしんでん》の中川《なかがわ》寄りに無宿人の住み暮らす集落がある。人別のないおれは、いまでは無宿人の身の上だ」

寂しげな笑みを与吉が浮かべた。

「元八幡宮近く、砂村新田の中川寄りだね。銭入れの始末のゆくたて、わかり次第、必ず知らせにいくからね」

「そうしてもらえるとありがてえ。手間をかけるが、勘弁してくれ」

「いいんだよ。それより早く引き上げたほうがいい。掏ったのが与吉さんだと気づいた人が他にもいるかもしれない。長居は無用っていうよ」

「そうかもしれねえ。それじゃ、これで」

再び深々と頭を下げて与吉が踵を返した。

歩き去り、遠ざかっていく与吉の後ろ姿を、お俊が身じろぎもせず見つめている。

三

鞘番所にお俊が帰ってきたときには、すでに陽は西空に傾きかけていた。

今年は本祭の年ではないが、それでも町は祭り気分で賑わっている。

流鏑馬は、すでに終わっていた。が、祭りには、酔っぱらいの喧嘩など、騒動はつき物であった。

深川の住人たちが、俗に鞘番所と呼んでいる深川大番屋の支配役、大滝錬蔵《おおたきれんぞう》や配下の同心、手先はもちろんのこと、日頃は大番屋の修理や掃除などを主な仕事としている小者たちまで出張って、町々の警戒にあたっている。そのせいか、門番だけが残る鞘番所のなかは、立ち働く人が少ないせいか、みょうにだだっ広く感じられた。

表門の潜り口をくぐったお俊は、まっすぐに長屋へ向かった。

掏摸騒ぎのときは、見かけた与吉に気をとられ、たまたま姿を現した安次郎に前後の見境もなく佐知と俊作を預けたことを、お俊は、いまは後悔していた。

いくら親しい仲とはいえ安次郎は、御用の役目についているさなかであった。突然、佐知と俊作を押しつけられ、安次郎がどれほど困惑したか、そのことを考えるとお俊は申し訳ない気持ちでいっぱいになった。

おそらく、安次郎のことだ。掏摸騒ぎを手早くおさめて、自分の持ち場の仕切りを近場にいる小者にでも頼んで、佐知と俊作を鞘番所へつれ帰ったに違いない。

掏摸に掏られたと騒いでいた番頭風から奉公先と住まいを聞いて安次郎は、

「銭入れが出てきたら声をかけるぜ」

ぐらいのことをいって、別れたかもしれない。

無意識のうちにお俊は、懐に入れた銭入れを小袖ごしに押さえていた。

銭入れの感触が掌《てのひら》につたわってくる。その銭入れに与吉の手の温もりが残っている気がして、お俊はおもわず懐に手を入れていた。

次の瞬間……。

銭入れに触れた手を、お俊はあわてて引き出していた。

何を考えてるんだろう。とっくに忘れて、このところ、おもいだすこともなかった人じゃないか。未練なんかあるはずがない。あんな男に未練なんか、これっぽっちもない。そうお俊はこころに言い聞かせた。

不意に、脳裏に錬蔵の顔が浮かんだ。

どんなに恋い焦《こ》がれても、決して自分に振り向いてはくれないだろう。わかっていながらも諦めきれないお人だった。

深川の売れっ子芸者のお紋《もん》が、ぞっこん惚れこんでいる男でもある。お紋は、女のお俊でも、みとれるときがあるほどの色っぽい、いい女だった。お俊だって、掏摸仲間やまわりの男たちから、

〈小股の切れ上がった、いい女〉

といわれてきた。けど、お紋にくらべたら、

(気っ風はともかく器量も艶っぽさも、とても太刀打ちできない)

と認めざるを得ない。

「勝負は最後までわからないよ。あたしも大滝の旦那には、惚れて惚れて惚れぬいているんだ。そう簡単に引き下がるわけにはいかないのさ。いまに旦那の気持ちをあたしのほうに向けてみせるよ」

と何かにつけて、お俊はお紋に強気なことばを浴びせかけている。

が、正直なところ、お俊のこころの奥底には、

(この勝負、どう考えても、あたしのほうが分が悪い)

と、諦め半分の弱気が居座っているのだった。

満たされぬことのない錬蔵に対する想いを抱きつづけているお俊は、いつも、どことなく寂しい気分でいる。

そんなお俊の前に、かつて恋の炎を燃え上がらせた与吉が現れたのだ。焼け棒杭《ぼっくい》に火がついた、というほどではないが、こころが揺らぐのは当然の成り行きといえた。

気がつくとお俊は長屋の前にいた。

表戸をあけると、

「帰ってきた」

「お俊さん、お帰りなさい」

弾んだ俊作と佐知の声があがった。

なかにお俊が足を踏み入れるのと、奥の座敷からふたりが飛び出してくるのが、ほとんど同時だった。

邪気のない佐知と俊作の笑顔にお俊は、おもわず笑みを浮かべていた。

「すぐ夕ご飯の支度をするからね。お腹空いたでしょ」

板敷に足をかけたお俊に佐知が声をかけてきた。

「夕ご飯、一緒に食べようとおもって、待っていたの」

「安次郎おじさんが、お俊さんが遅くなるかもしれないからって大番屋へ連れてきてくれる途中で稲荷鮨《いなりずし》を三人前、屋台で買ってくれたんだよ」

　ことばを継いだ俊作に、お俊が問いかけた。

「稲荷鮨を三人前？　お父っつぁんの分かい」

「違うよ。安次郎おじさん、お俊さんもきっとお腹を空かせて帰ってくるだろうから、ひとつはお俊さんの分だといってたよ。そうだったよね、姉上」

「たしかに、そういってたよ。お俊さんの分だって」

「そう、安次郎さん、優しいね」

　応《こた》えながら、お俊は安次郎にこころのなかを覗き見られたような気がしていた。

　以前、安次郎は、竹屋《たけや》の五調《ごちょう》という源氏名で座敷に出ていた男芸者であった。長年、芸者と客の色模様を近くで見つづけてきている。それだけに安次郎は、男と女の機微《きび》には通じているとおもわれた。

　あたしと与吉さんのことを、決してさとられてはいけない。胸中でお俊は、そうつぶやいていた。


　九つ（午前零時）をまわってほどなく前原伝吉《まえはらでんきち》が長屋に帰ってきた。

　かつて前原は北町奉行所の同心だった。不義密通の相手の渡り中間《ちゅうげん》と妻が駆け落ちしたことを恥じた前原は職を辞し、姿をくらました。が、深川で錬蔵と再会し、配下として働く気はないかと誘われる。それがきっかけとなった。前原は錬蔵直下の下っ引きとして、再び十手を手にする決心を固めたのだった。

早く帰ってきたときは、まっすぐに佐知と俊作の寝間に向かい、ふたりの寝顔をしばし見つめるのが、前原の、決まりとなっていた。

が、この夜はすでに深更、前原は、子供たちの寝間をのぞかずに台所からつづく板敷の間に坐った。土瓶にお俊が入れておいた冷えた茶を飲む。それは、床を敷く前に前原が行う日課みたいなものだった。

長屋は座敷が二間、板敷が一間のつくりである。奥の座敷には佐知と俊作が寝ていた。残る座敷はお俊が、居間と寝間、兼用で使っている。前原の寝間は板敷の間だった。たまの休みの日には、前原は佐知や俊作たちが寝ている座敷で過ごしている。

「居候のあたしが畳敷きの間で寝ているんじゃ何かと心苦しい。あたしが板敷の間で寝るよ」

と前原たちと一つ屋根の下で暮らしはじめた頃、お俊が申し出たことがある。

「おれは探索で歩きまわっている。深更に帰ってくることも多い。子供たちの隣の座敷を寝間にしたら、帰ってくるたびに子供たちとお俊さんを起こすことになりかねぬ。表戸を開けたら、すぐ床につける板敷の間に寝たほうが、何かと気が楽なのだよ」

笑みをたたえて前原は、即座にそう応えたものだった。

いつもは、前原ひとりで茶を飲み、夜具を敷いて床につくのだが、この夜は違った。

飲み終えて湯呑み茶碗を置いた前原の前に、お俊が坐ったのだ。前原の帰りを待ち、声をかける折りをうかがっていたのか、お俊はまだ寝間着に着替えていなかった。

「まだ起きていたのか。寝ているものだとおもっていた」

柔らかな眼差しをお俊に向けて前原が話しかけた。

「旦那に頼みたいことがあって」

「頼み？　おれにできることとか」

「流鏑馬に出かけたとき、この銭入れをひろったんだよ。自身番へ届けようかとおもったんだけど、住んでるところが鞘番所だし、そのまま持ってきてしまったのさ」

曖昧な笑みをお俊が浮かべた。銭入れを掏られたと騒いでいた番頭風を調べた安次郎に、じかに手渡すのが道理だとわかっているお俊だった。

が、それができない。

男芸者を稼業としてきた安次郎は、男と女の色事には並外れて気配り、目配りの利く男だった。日頃の安次郎のことばの端々からお俊は、そのことを感じとっている。

下手に安次郎に銭入れを渡せば、拾ったのではなく、かつての掏摸仲間を追いかけ、談じ込んで返させたに違いない、と勘繰られるかもしれない。あのとき、急ぎの用ができた、といって佐知と俊作を安次郎に強引に押しつけた経緯もある。勘のいい安次郎のことだ。根掘り葉掘り探りをいれてくるに違いなかった。

ここは安次郎でなく前原に銭入れを預けたほうが厄介《やっかい》なことにならないだろう。考え抜いて、そう決めたお俊だった。

案の定、前原は、お俊のことばに何の疑いも抱かなかった。

「わかった。明日の朝、御支配の用部屋へ出向いて、この銭入れを預けておこう。御支配のことだ。銭入れが持ち主の手元にもどるよう手配りしてくださるだろう」

銭入れを手にとった前原が、微笑んでお俊を見やった。

四

翌早朝、お俊は表戸を開ける音で目覚めた。誰かが低い声で前原に呼びかけている。安次郎の声のようだった。

すぐに前原が起きだしたらしく、物音が聞こえた。小声で二言、三言かわした後、安次郎が表戸を閉めて出ていった。

何やら、ごそごそと物音が響いた。前原が夜具をたたみ、出かける支度をしているのだろう。

床のなかで聞き耳をたててはいたが、お俊は起きていこうとはしなかった。隣の部屋には佐知と俊作が寝ている。

かねて前原から、早朝、緊急の呼び出しがかかったときは、寝ている子供たちが目を覚ます恐れもあるので、たとえお俊さんが呼び出しに気づいても起きてこないでくれ、といわれていた。

やがて前原が表戸を開けて出ていった。表戸が閉まる音を聞きながら、お俊は、与吉が掏った銭入れが持ち主の手元にもどるのは、しばらく先になりそうだとおもった。

耳をすますと、出役の支度をしているらしく、小者たちが忙しく立ち働いている物音が、雨戸越しに聞こえてくる。

どこかの御店に盗人でも押し入ったのかもしれない。御店の家人、奉公人皆殺しの押込みだったら厄介な探索になりかねない。ふと湧いた予感を、お俊は慌てて打ち消していた。

手がかりのない一件だと探索に手間がかかる。当然のことながら前原も走りまわらざるを得ない。前原が長屋でのんびりと過ごす時がなくなれば、佐知と俊作が寂しがるに違いない。おもわずお俊は、隣の部屋を見やった。

襖《ふすま》の向こうから佐知と俊作のたてる安らかな寝息が、かすかに聞こえたような気がする。無意識のうちに、お俊は微笑みを浮かべていた。

壁には飛び散った血がこびりつき、染み込んだ血に赤黒く染まった戸障子や戸襖《とぶすま》のあちこちが破れていた。倒れた戸襖の上に背中を斬り裂かれた奉公人が横たわっている。奉公人には右腕がなかった。敷物がわりの戸襖の引手を右腕の指がつかんでいる。腕は斬り落とされた奉公人のものであろう。

平野町《ひらの》の下り塩仲買問屋〈宮戸屋《みやと》〉のなかは酸鼻を極めていた。

「これはひどい。殺しを楽しんでいるとしかおもえぬ」

同心の八木周助《やぎしゅうすけ》が呻《うめ》いた。

ちらり、と見やった溝口半四郎《みぞぐちはんしろう》が、

「この程度のことで顔をしかめることはあるまい。遊び半分で人殺しをする連中はごまんといる。それにしても、よりによって祭りの夜に押し込むなんて、人のこころを持たぬ、呆《あき》れ果てた盗人どもだ」

吐き捨てるようにいった。眉をひそめている。八木同様、不快な気分でいるのはあきらかだった。

深川大番屋支配、大滝錬蔵は腰を屈《かが》めて、一隅の柱に背をもたせかけて足を投げ出している三十半ばの男の骸《むくろ》をあらためていた。脳天から幹竹割《からたけわり》に断ち斬られている。鼻梁に刃の厚みほどの隙間ができていた。顔の左右が鼻を境にわずかにずれている。

「恐るべき太刀捌《さば》きですね。斬られたのは年格好からみて住み込みの手代かと」

振り向くことなく、横目で錬蔵が見やった。

背後から錬蔵の横に身を移しながら前原がことばを重ねた。

「頭蓋骨《ずがい》が小鼻のあたりまで割られている。何の躊躇もなく大刀を叩きつけたとしかおもえませぬ」

傷口を眼でたどりながら錬蔵が応じた。

「刀を引き抜くときに、わずかに上へ撥《は》ね上げ、一気に抜いている。刀は深々と頭に食い込んでいた。これほど深いと、そう簡単には刃は抜けぬ。骸に足をかけて抜くのが、ふつうのやり方だ。が、骸に足をかけた形跡はない。頭蓋を断ち割って引き抜くまで、よほどの速さで刀を操らなければ、こうはいくまい。太刀捌きは、おれより迅《じん》速《そく》かもしれぬ」

「御支配より素早く大刀を操《あやつ》る者が、この世にいるとは。できれば斬り合いをしたくない相手」

独り言のような前原のつぶやきだった。

背を伸ばした錬蔵が周囲を見渡した。

「ひととおりあらためたが、家人、奉公人、合わせて十一人が殺されているのでは、いかほどの金子《きんす》が盗まれたのか見当もつかぬな」

「骸を小者たちに片付けさせましょうか」

問いかけた前原に、

「もうしばらく、このままにしておこう。おもわぬ手がかりが残っているかもしれぬ」

顔を向けて錬蔵が告げた。

「おれは隣の部屋を、いま一度、調べてみる」

「私は、この部屋に残って、再度、あらためてみます」

「隅々まで、な。見落とした手がかりがあるかもしれぬ」

そう告げて錬蔵が足を踏み出した。

宮戸屋の調べが終わったのは七つ（午後四時）すぎだった。

小者たちに片付けを命じた錬蔵は大番屋の最古参の同心、松倉孫兵衛《まつくらまごべえ》に後始末の差配を命じ、宮戸屋を出た。

宮戸屋周辺の聞き込みを八木に、宮戸屋の評判、噂《うわさ》を溝口と大番屋で最も若い同心、小幡欣作《おばたきんさく》、前原と安次郎に命じた。

宮戸屋が、盗人に押し込まれたと大番屋に知らせて来たのは平野町の自身番の小者、茂七《もしち》であった。

明け方、自身番の表戸を激しく叩く者がいる。寝ずの番だったのだが、うっかり居眠りをしてしまった茂七があわてて起きだして、

「いま開ける。待ってくれ」

と声をかけ、寝惚け眼《まなこ》をこすりながら表戸を開けてみると誰もいない。狐につままれたような気持ちで外へ出てまわりを見渡し、自身番にもどってみると、戸にはさんであったのか一枚の紙が敷居のそばの土間に落ちているのに気づいた。

紙を手にとってみてみると、

〈下り塩仲買問屋、宮戸屋に盗人が押し込んだ〉

と書いてあるだけで、差出人の名はない。

質の悪いいたずらだとおもったが、ほうっておくわけにもいかず茂七は宮戸屋へ調べに行った。

祭り提灯が宮戸屋の軒先にも掲げてあった。耳をすましてみたが、なかから何の物音も聞こえない。

祭りの気分に浮かれたまま、宮戸屋の家人や奉公人たちは、ぐっすりと寝入っているに違いない。無闇に騒ぎ立てて叩き起こすのも悪い気がする。このまま引き上げるべきかもしれない、とのおもいが茂七の頭をかすめた。

が、投げ文があった以上、たしかめるのが自身番の小者の務めだと、茂七はおもいなおした。

大戸を押してみたら、何の抵抗もなく開いた。閂《かんぬき》がかかっていないようだった。

門をかけ忘れたともおもえないが、と首を傾げながら、

「入らせてもらうよ」

声をかけて大戸を開け、なかに入って茂七は仰天した。土間に血塗《まみ》れの丁稚《でっち》の骸が転がっていた。

悲鳴に似た叫び声をあげた茂七だったが、自身番の小者として、何をやるべきか、その心得だけは持ち合わせていた。宮戸屋を飛び出した茂七は、鞘番所へ向かって走りつづけた。

門番から知らせを受けた錬蔵は、身支度をととのえ安次郎とともに茂七を待たせてある門番所へ向かった。

自身番の表戸にはさみこまれていた紙に眼を通した錬蔵は安次郎と門番に、直ちに同心たちや前原、大番屋に住み込む小者たちを叩き起こし、出役の支度をととのえて門番所のそばに集まるよう命じた。

宮戸屋を出た錬蔵は平野町の自身番へ向かった。茂七には自身番での務めがある。茂七を道案内がわりに一行が宮戸屋へ着いたところで、自身番へ帰るよう錬蔵が命じたのだった。

平野町の自身番に錬蔵が顔を出すと、板敷の上がり端に腰をかけていた茂七があわてて立ち上がった。

「宮戸屋さんは、どういう按配《あんばい》で」

不安顔で訊いてきた茂七に、

「家人、住み込みの奉公人が皆殺しにあったようだ。さっきまで宮戸屋にいたのだが、通いの奉公人が姿を出すことはなかった。宮戸屋には通いの奉公人はいなかったのか」

逆に錬蔵が問い直し、茂七のそばに腰を下ろした。手で板敷を叩き、坐るようにうながす。

頭を下げた茂七が、錬蔵から少し離れて板敷の上がり端に腰を掛けた。

「上方《かみがた》から赤穂《あこう》の塩など最上と評判をとる品を買い付けてきて卸す。それが宮戸屋の商いの中身です。宮戸屋には通いの番頭がふたりいますが、ふたりとも上方へ塩の買い付けに出かけていると聞いております」

「そのふたりが江戸へもどってくれれば、宮戸屋の金倉に蔵されていた金高がわかるな」

「たぶん、わかるはずで」

うむ、とうなずいた錬蔵が、

「宮戸屋の評判はどうだった。いい話、悪い噂、知っていることを話してくれぬか」

「宮戸屋さんの商い先は大量に塩を仕入れる何軒か見世を持っている料理茶屋や小売の店などで、安値の行徳《ぎょうとく》の塩しか買えない、あたしら貧乏人には縁遠い問屋ですが、悪い噂は耳に入ってきません。商いのやり方も、地味で堅いと聞いております。ただ宮戸屋のご主人は金勘定に細かくて吝嗇《けち》だという噂でして。あの吝嗇さかげんからみて金倉には千両箱が詰まっているに違いないという商い仲間もいるという話で」

「そうか。どうやら宮戸屋は筋金入りの吝嗇らしいな」

「あくまでも噂話というやつで」

曖昧な笑みを茂七が浮かべた。

「上方へ塩の買い付けへ出かけている宮戸屋の番頭たちがもどってきたら大番屋へ知らせてくれ。門番に、おれから頼まれたといえば話が通じるようにしておく」

「わかりやした」

「頼む」

ちらり、と茂七を見やって錬蔵が立ち上がった。

五

自身番を出た錬蔵は、河水《かすい》の藤右衛門《とうえもん》に聞き込みをかけるべく河水楼のある門前仲《もんぜんなか》町へ足を向けた。

河水楼のほかに門前東仲町、櫓下《やぐらした》ともいわれる表櫓、裏櫓、裾継《すそつぎ》、大新地などの深川七場所に十数店の茶屋を有している河水の藤右衛門は、深川では、

〈三本の指に入る顔役〉

と噂されている人物であった。

顔役といっても、いわゆる無頼の、やくざ渡世に身を置いているわけではない。あくまでも茶屋の主人として、

〈女の色香と遊びを売る商人《あきんど》〉

としての稼業に励む者であった。

上級の塩を商う下り塩仲買問屋の宮戸屋の取引先は、何軒か見世を持つ料理茶屋か小売の商人、そんな茂七の話を聞きながら、錬蔵は脳裏に河水の藤右衛門の姿を思い浮かべていた。

河水楼では、宮戸屋から仕入れた塩を料理をつくるときに用いているかもしれない。もし宮戸屋と取引があったら、藤右衛門から手がかりになりそうな話を聞き出せるような気がしたからだった。

仙台堀《せんだい》に架かる亀久橋《かめひさ》、油堀に架かる永居橋を渡って三十三間堂《さんじゅうさんげんどう》の表門前にさしかかったところで錬蔵は足を止めた。

祭りの浮かれた余韻がまだ町々に残っている。河水楼はいつも以上に繁盛しているはずであった。藤右衛門がやっている他の茶屋も似たようなものだろう。訪ねていっても藤右衛門が、じっくりと錬蔵の話を聞く余裕はあるまい。そう判断した錬蔵は、深川大番屋へ帰るべく踵を返した。

大番屋にもどった錬蔵は門番に、

「同心たちや前原、安次郎に、帰り次第、用部屋に顔を出すよう、つたえてくれ」

と告げた。

用部屋に入った錬蔵は文机《ふづくえ》の前に坐った。

文机の端に積んである届出書などに眼をとおす。

さいわいなことに、人の出入りを届け出た人別がらみの書付がほとんどだった。硯《すずり》箱《ばこ》を引き寄せ、筆をとって巻紙に届けに対する復答書を二通、書き上げた錬蔵は山積みした届出書の隣に置いた。

うむ、と首を捻り、腕を組んだ。

宮戸屋に押し込んだ盗人について考えている。

皆殺しにあった宮戸屋の家人、奉公人の骸を、錬蔵は微細にあらためていた。

その斬り口が、みょうに気にかかっていた。

太刀筋だけではない。

五歳になったばかりの宮戸屋の男の子も無惨に首の根元から脇腹まで斬り裂かれていた。躊躇した様子もみえない太刀捌きに、斬り捨てた者の、冷酷で残忍な性向がうかがえた。

盗みの儲けよりも人殺しを楽しむために押し込んだとおもえぬこともない。錬蔵は大きく息を吐いた。

こころに焼きついた残虐極まる殺戮の残像を吹き消すための所作であった。

太刀筋からみて剣の修行を積んだ、それも目録以上の剣の腕前を持つ者たちの仕業、と錬蔵は推断している。

浪人、それも町道場で師範代を務めるほどの剣技を修めた、素行のよくない輩《やから》の所在を虱潰《しらみつぶ》しにあたってみるか。そうおもって錬蔵は首を傾げた。

宮戸屋に押し込んだ盗人たちが江戸御府内に住んでいるとはかぎらない。雲をつかむようなことを考えるとは、おれも焼きが回ったか。無意識のうちに錬蔵は苦笑いを浮かべていた。

それに、目録以上の剣の腕の持ち主は武士や浪人ばかりではない。げんに安次郎は親代々の町人だが業前は免許皆伝といってもいいほどのものなのだ。

気がかりなのは盗人たちと大番屋の同心たちが斬り合ったときの顚末《てんまつ》だった。

松倉や八木では、まず太刀打ちできまい。小幡はどうだろう。命を捨てる気で斬り結んで、ひとりと相討ちにできたら上々。かつて、やくざの用心棒をやり、刃物沙汰の修羅場に慣れた前原、皆伝同様の腕の安次郎、同心のなかで唯一、免許皆伝の溝口半四郎は一対一の勝負であれば負けることはなかろう。が、相手は徒党を組んで動く盗人一味である。多数を相手にしたら、まず勝ち目はない、というのが錬蔵の見立てであった。

おそらく、自身番へ、宮戸屋へ盗人が押し込んだ、と記した紙を投げ入れたのは盗人一味の誰かだろう。御上の威光を恐れぬ大胆不敵な所業といえた。

その動きひとつみても盗人一味が、いかに恐るべき相手であるかがわかる。

何らかの策を講じなければ、おれはもちろんのこと、同心たちも、前原、安次郎も命を失うことになる。兇悪無惨な盗人たちの跳梁《ちょうりょう》跋扈《ばっこ》をどうやって封じるか。が、手がかりはひとつもなかった。

いまは、何ひとつ策のたてようがないことを、錬蔵はおもいしらされていた。

うむ、と呻いて錬蔵は空を見据えた。

口を真一文字に結んだ錬蔵が、身じろぎもせず一点を見つめている。

二章　冷眼傍観《れいがんぼうかん》

一

五つ（午後八時）を過ぎた頃、八木周助が松倉孫兵衛とともに深川大番屋へもどってきた。松倉は、宮戸屋の骸の片付けなど後始末を手下と小者たちにまかせてきたのだった。

「宮戸屋の表で、興味半分で覗きに来る者たちのなかに不審な奴がいないか、さりげなくあらためていましたが、盗人の一味らしき輩は見あたりませんでした」

用部屋へ顔を出すなり、松倉が錬蔵に復申した。つづいて八木が口を開いた。

「宮戸屋の噂を近辺で聞き込みましたが、金の出し入れに細かい、吝嗇《けち》で商い仲間の会合以外は茶屋などの遊所に足を向けない、ということ以外は、悪口をいう者はひとりもいません。いまの主人は二代目ですが、先代のいうことをよく聞いて四十になったばかりだというのに、先代がやっていた頃より倍近く商いをのばしたそうです。とにかく子煩悩《ぼんのう》で、商いをやってるときの厳しさとは別人のような優しい顔つきで、子供を肩車して散歩しているのを見たことがあると聞き込みをかけた近所の住人がいっておりました」

うむ、と錬蔵がうなずいたとき、戸襖の向こうから声がかかった。

「御支配、溝口です。ただ今、帰りました。小幡や前原、安次郎も一緒です」

「入れ」

戸襖を開けて入ってきた溝口、小幡が松倉たちとならんで坐った。少し離れて前原が、閉めた戸襖のそばに安次郎が控えた。

渋い顔で溝口がいった。

「祭りの浮かれた気分がつづいているせいか、おもうように聞き込みがはかどりませんでした」

「私も似たようなものです」

申し訳なさそうに小幡が頭を下げた。

顔を向けて、錬蔵が問うた。

「どうやら前原も安次郎も、聞き込みの結果は、かんばしくなかったようだな、顔つきでわかる」

無言で、前原が頭を垂れた。

苦笑いを浮かべて安次郎が応えた。

「御明察。町ん中は、まだ祭りの気分が抜けていないようで、聞き込みをかけても、上の空、いい加減な応えしか返ってこない。何しろ、あっしをはじめ、深川育ちの者たちは、生まれ落ちたときから祭りが大好きですからね。仕方ねえといえば、それだけの話になっちまいますが」

「明日になれば、少しは深川の町も落ち着くだろう。聞き込みをつづけてくれ」

無言で一同が顎《あご》を引き、同心たちが脇に置いた大刀に手をのばしたとき、前原が声をかけた。

「少し時をくだされ。朝から、折りをみて話そうとおもっていたのですが、ついつい話しそびれてしまったことがあります」

「どんな話ですかな」

のばしかけた手をとめて松倉が問いかけた。

「実は、お俊から、この銭入れを預かったのですが」

懐から褐色の銭入れをとりだして前原が畳の上に置いた。

「この銭入れ、どこぞの藩の江戸詰めの武士のものともおもえぬが」

首をひねった溝口が、前原に眼を向け、ことばを重ねた。

「お俊は、どこでこの銭入れを手に入れたのだ」

「拾った、といっていましたが、迂闊《うかつ》にも、拾った場所がどこだったのか聞き漏らしました。長屋に帰ればわかること、お俊から聞いて明日の朝にはつたえられます」

銭入れに見入っていた安次郎が、顔を上げて口をはさんだ。

「その銭入れ、あっしに預からせてくださいな。持ち主に心当たりがありやす」

「持ち主に、心当たりがあるというのか」

鸚鵡《おうむ》返しした錬蔵に安次郎が、

「流鏑馬のまっさかりに、あっしの持ち場で掏摸騒ぎがありやして。浅草《あさくさ》、駒形《こまがた》町の蠟燭《ろうそく》問屋〈大和《やまと》屋〉の住み込みの番頭で森助《もりすけ》という者が掏摸に銭入れを掏られております。褐色の銭入れといっておりましたので、おそらく、お俊が拾ったといって前原さんに預けたその銭入れが、森助のものじゃねえかと」

「その銭入れ、安次郎が預かり、明日の朝のうちに駒形の大和屋へ出向き、森助に渡してやれ」

「そういたしやす」

うなずいた安次郎が首を傾げて、つぶやいた。

「しかし、みょうだな。この銭入れが森助のものだとしたら、お俊はなぜ、あっしに直接、この銭入れを預けなかったんだろう。掏摸騒ぎのさなか、お俊は佐知ちゃんや俊作ちゃんと一緒に森助の近くにいたんですぜ。顔を出したとき、俊作ちゃんが声をかけてくれたんで三人に気づいたんですから、あっしが掏られた男から事情を聞いていることは、お俊は先刻、承知のはずなんで。そういや、お俊は、あのとき、急ぎの用ができたといって、あっしに佐知ちゃんや俊作ちゃんを押しつけて、どこかへ消えちまったが、出かけた先で財布を拾ったのかもしれねえな。お俊は一ノ鳥居の方へ歩いていった。駒形町に住まう森助が、深川へやってきた道筋に向かったことになる。拾ったとすれば一ノ鳥居の近くかもしれねえなあ」

横から前原が口を出した。

「昔はともかく、お俊がおれたちに嘘をつくことはあるまい。そうはおもわぬか、安次郎」

「お俊にかぎって、まず間違いはねえとおもいやすが。どうにも合点がいかねえ。何か、こう胸ん中が、もやもやしているような厭《いや》な気分で」

釈然としない顔つきで安次郎が応じた。

「人を疑うことは、おれたちの務めの根っこみたいなものだ。安次郎、おまえも、やっと岡っ引き根性が骨の随まで染み込んできたようだな」

揶揄する口調で溝口が声をかけた。

「勘弁してくださいよ、溝口さん。あっしゃあ、生まれつき岡っ引きが大嫌いなんですから」

苦笑いした安次郎に、

「いずれにしても、明朝、銭入れを森助に渡すときに話をきけば、あらかたのことは推《お》し量《はか》れるはず。それにしても安次郎、おまえの岡っ引き嫌いは筋金入りだな」

笑みをたたえて錬蔵がいった。

「岡っ引きみんなが、嫌いというわけじゃねえんですよ。鞘番所詰めの同心の旦那方の手先をつとめる岡っ引きたちは、みんな、気のいい連中です。連中は仲間ですからね。あっしがいってる岡っ引きとは、やたら御用風を吹かせる奴らのことでして。いや、つまらねえこといっちまった。口は災《わざわ》いの因《もと》っていうが」

渋面をつくった安次郎が、鼻の頭を指先でさすって首をすくめた。

二

翌朝六つ半（午前七時）前に安次郎は深川大番屋を出た。森助は大和屋に住み込んでいる。安次郎は、店が開く前に大和屋へ顔を出し、森助に銭入れをあらためてもらうつもりでいた。

住み込みの身である森助は、番頭のなかでは格下のはずだった。上席の番頭の顔色をうかがいつつ、手代、丁稚の仕事ぶりに気を配らなければいけない。なかには、いうことを聞かない手代、丁稚もいるだろう。森助が上からは責められ、下からは突き上げられる、いわば間にはさまった、半端な立場にあることは安次郎にも推測できた。

余計な手間をとらせて、奉公の邪魔になってはいけない。そうおもって朝早めに出かけてきた安次郎だった。

御舟蔵を左に見て竪川《たてかわ》に架かる一ツ目橋を渡った安次郎は横網《よこあみ》町へ出、大川沿いの河岸《かし》道を吾妻橋《あずまばし》へ向かった。

大川橋ともいう吾妻橋を渡ってすぐに左へ折れた安次郎は河岸道をすすんだ。右手に材木町《ざいもく》、駒形町と町家がつらなっている。町家が切れたところの右手に土蔵造り、三間四面の駒形堂が見えた。堂の前には唐銅でつくられた子育地蔵が立っている。

本尊として、慈覚《じかく》大師作の馬頭《ばとう》観音を祀《まつ》り、左右に田植地蔵、庚申《こうしん》像を安置する駒形堂が建っている場所には、往古、浅草寺の総門があった。

『浅草寺縁起』に、

〈天慶五年、安房守《あわのかみ》平公雅《たいらのきんまさ》、浅草寺観音堂造営の時、この堂宇も建立ありしよし〉

と記されている。

西面に向いた駒形堂の前をすぎて、すぐ左へ曲がると浅草御蔵へ向かう通りとなる。その道の左右が、駒形町の町家がつらなる一角だった。

駒形堂を行き過ぎようとした安次郎の眼の端に、堂の前に安置された子育地蔵がかすめて映った。

その子育地蔵が、安次郎の脳裏に、肩口を斬り裂かれて血塗れで畳に転がっていた、生きていれば宮戸屋の跡取りになっていたであろう、幼い男の子の姿を浮かび上がらせた。

足が止まった。

子育地蔵の前までもどる。

膝《ひざ》を折った安次郎は、手を合わせ幼子の冥福《めいふく》を祈った。そうせずにはいられない衝動が安次郎をとらえていた。

祈りながら安次郎は、兇悪無惨な盗人一味へ対する怒りの炎が、胸中で沸々《ふつふつ》と燃えたぎってくるのを抑えきれなかった。

何としても捕らえる。いや、生かして捕らえるなんて生ぬるいことはやらねえ。おれのこの手で、息の根を止めてみせる。それが、殺された者たちへのせめてもの供養《くよう》だ。安次郎は、こころのなかで、そうつぶやいていた。

祈り終えて見上げた子育地蔵の顔が、憤りに歪んでいるかのようにみえる。強く奥歯を噛みしめた安次郎は、ゆっくりと立ち上がった。

歩きだす。

諏訪《すわ》町との境になる横丁の手前、左側に大和屋はあった。

五つ（午前八時）には、まだ間があるというのに、店先では丁稚が水を入れた桶《おけ》を傍らに置いて水を撒《ま》いている。店の表戸は、まだ閉められていた。

歩み寄って安次郎は丁稚に声をかけた。

「森助さんに取り次いでもらいてえ。深川鞘番所の手の者が、銭入れの一件で顔を出した、とな」

懐から取りだした十手を、安次郎は、よくみえるように丁稚に掲げてみせた。

丁稚の顔が緊張のあまり引きつった。震え声で応えた。

「すぐ番頭さんを呼んでまいります」

桶に柄杓《ひしゃく》を突き入れるや、あわてて店のなかへ走り込んでいった。

そんな丁稚を苦虫を嚙みつぶしたような顔で安次郎が見やっている。

十手を出すとどうもいけねえ。御用風を吹かせてるつもりはねえんだが、見せられたほうが勝手に御用風に吹かれてしまう。困ったもんだ。いつものことながら、十手を掲げてみせるたびに、自分がげすな岡っ引き野郎になりさがってしまったような厭な気分になって、みょうに情けないおもいに陥ってしまう安次郎だった。

店の土間にでもいたのか、入っていった丁稚と入れ違いに表戸を開けて、森助がでてきた。

小走りに安次郎に近寄ってきた森助が小声で話しかけてきた。

「店の前での立ち話は、何かと噂の種になりかねませぬ。まずは店のなかへお入りください」

浅く腰を屈めて先に立った。

店に入った森助は、安次郎が入ってきたのを見届けて表戸を閉めた。案内するように歩きだし、土間の一隅で足を止めた森助が、安次郎を振り向いて、いった。

「わざわざ足を運んでいただいて、座敷へご案内したいのですが、奉公人の身、私が自由に使えるのは、日頃、私が住み暮らしている狭い部屋しかありません。せめて畳敷の間の上がり端にでも腰を下ろしていただくぐらいが精一杯のこと。何のもてなしもできませぬが、せめてお茶でも用意してまいります」

頭を下げて奥の台所へ向かおうとした森助に安次郎が声をかけた。

「気を使わねえでくれ。おれにも務めがある。長居する気はねえ。実は、昨日、銭入れを拾ったと届けてきた者がいてな。その銭入れが、流鏑馬の日に聞いた森助さんの銭入れとよく似ていたんで、早いほうがいいだろうとおもってやってきたんだ」

畳敷きに腰を掛けることなく、安次郎が懐から手拭いにはさんだ銭入れを取りだして森助に差し出した。

銭入れを見た途端、森助の眼に喜色が浮いた。

「私の銭入れでございます」

手渡して安次郎が告げた。

「中身をあらためてくれ。無くなっているものがあるかもしれねえ」

「あらためさせていただきます」

銭入れを開いて森助が馬鹿丁寧に中身を調べあげるのを安次郎は黙然と見ていた。

顔をあげて森助が口を開いた。

「無くなったものは何ひとつありません。てっきり掏られたとおもって騒ぎ立てたのですが、落としたとなると、私の落ち度。親分さんには多大なご迷惑をおかけしたようで、申し訳ありません。銭入れを拾ってくだすった方にお礼を申し上げたいのですが」

「礼には及ばねえよ」

「それではおことばに甘えさせていただきます」

銭入れを懐に入れた森助が深々と頭を下げた。

「それじゃ、これで帰らせてもらうぜ」

背中を向けた安次郎に、腰を屈めた森助が再び深々と頭を下げた。

深川大番屋へもどった安次郎は、門番から告げられた予想だにしなかった異変に驚愕の眼を剝《む》いた。

「何だって、昨夜も盗人たちが押し込んだっていうのかい。二日つづけて盗みを働くなんて、とんでもねえ奴らだ。一体どこへ押し入ったんでえ」

問うた安次郎に門番が応えた。

「海辺大工町《うみべだいく》の薬種問屋〈井桁屋《いげた》〉と聞いております。御支配以下、松倉さんら同心たち、前原さんや大番屋に泊まり込んでいた手先、小者たちが隊列を組んで、井桁屋に盗人一味が押し入ったことを知らせに駆けつけてきた海辺大工町の自身番の小者を道案内に出役されました。かれこれ半刻（一時間）ほど前になりますか。御支配から安次郎さんがもどってきたら、すぐ来るようにつたえてくれと命じられております」

「念のため訊くんだが、たしかに海辺大工町の井桁屋だな」

「海辺大工町の井桁屋で、間違いありません」

門番のことばの半ばで、安次郎は踵を返し、走り出していた。

鞘番所を出ると斜め前にある小名木川《おなぎ》に架かる万年橋《まんねん》を渡ったところを、すぐ左へ曲がった通りの左右、高橋《たかばし》あたりまで細長くのびた一帯が海辺大工町であった。

急ぎ足で歩いてきた安次郎は眉をひそめた。行く手に人だかりがしている一角があった。顔が、一様に向かい側の町家へ向いている。野次馬たちの目線の先に、井桁屋があるのだろう。

さらに足を速めた安次郎は、周囲に気を配りながらすすんだ。盗人一味の者が鞘番所の調べの有り様を探りに来ているかもしれない、とおもったからだ。

井桁屋の前では、顔見知りの小者が立ち番をしていた。日頃は、庭の掃除や建家の修繕などをしている小者だった。宮戸屋の表口と裏口では、いまも、いつもは探索にかかわっていない小者たちが張り番をしている。小者たちは、祭りの警戒にかりだされて以来、捕物の出役にも付きあわされているのだった。

歩み寄ってきた安次郎に気づいて、小者たちが頭を下げた。こころなしか顔があおざめて、ひきつっている。

小者たちの様子から井桁屋のなかの様子が予測できた。

「その顔つきじゃ、なかはかなり手ひどいようだな」

問いかけた安次郎に小者のひとりが応じた。

「なにせ皆殺しですからね。宮戸屋よりむごい、と八木さんが溜息まじりに仰有《おつしや》ってました」

鼻をひくつかせて安次郎がいった。

「そういや、なかから、血の臭いが漂ってくるぜ。それにしても、朝の早い出役だったな。昼には、たっぷり間があるぜ」

「宮戸屋同様、海辺大工町の自身番に投げ文があったんで。薬種問屋の井桁屋に盗人が押し込んだ、というなかみでさ」

「それじゃ払暁《ふつぎょう》の頃には、自身番に投げ文が届いていたんじゃねえのかい。自身番の小者は、何をぼんやりしてたんでえ」

「ぐっすりと眠り込んでしまって、起きだしたのは明六つ（午前六時）をとっくに過ぎていたそうでして。のんびりと顔を洗って、さて朝飯の支度でもはじめるかと動き始めたときに、投げ文に気づいたということらしいですぜ」

　舌を鳴らして安次郎が吐き捨てた。

「どじな小者だ。夜中に鞘番所へ知らせてくれりゃ、息のある者が、いたかもしれねえのによ」

「溝口さんも、安次郎さんと同じことをいっておられました」

「そうだろうよ。どうせ、なかはみたくもねえ阿鼻叫喚《あびきょうかん》の地獄絵図だろうが、務めだから仕方がねえ。入るしかあるめえ」

　顔をしかめた安次郎が、下ろされたままの大戸の潜り戸を開けようと手をのばした。

三

井桁屋のなかは安次郎の推測を遥かに超えていた。

宮戸屋よりもむごい、と同心の八木周助がいっていた、と立ち番をしていた小者から聞いていたが、あらかじめ思い描いていた惨状とは桁外れの凄まじさだった。

あちこちに斬り落とされた腕や足が転がっている。すべての骸に首がなかった。錬蔵の姿を求めて安次郎は奥へすすんだ。

廊下には戸襖や戸障子が倒れていた。なかには、俯せになった首のない骸が載っている戸襖もある。安次郎は、戸襖や戸障子を避けながら歩いていった。

溝口が、小幡が、松倉が、使っている手先たちと一緒に、それぞれがまかされた座敷のなかをあらためている。その様子を横目で見ながら、安次郎は突き当たりまですすんだ。

突き当たって右へ曲がると、庭が見えた。

やはり戸襖が倒れている。ひとつめの座敷では前原がひとりで、一隅にしゃがみこんで女の骸をあらためていた。首のない骸だった。女物の寝衣を身につけている。寝衣の裾が乱れて、太股までめくれあがっていた。まだ若い、触れれば弾けそうな、色白の、むっちりとした肉厚の躰だった。

その座敷をやり過ごした安次郎は、廊下をはさんで庭に面した座敷に出た。

そこに、錬蔵はいた。

凝然と立ち尽くして一方を見据えている。

その目線の先に眼を向けた安次郎は、驚愕の眼を剝いた。

息を呑む。

そこには、この世のものとはおもえぬ、無惨極まる絵図が広がっていた。

「床の間の前に首をならべて晒すなんて、何て奴らだ。殺しを、愉しんでやがる。許せねえ」

おもわず安次郎は呻いていた。

振り向くことなく錬蔵が、口を開いた。

「首は十四本ある。安次郎、おもいは、おれも同じだ。ただ」

「ただ？」

鸚鵡返しした安次郎に、

「家人、奉公人を皆殺しし、金品を強奪する。ただそれだけのために、盗人たちは御店に押し込んでいるのだろうか」

「それじゃ、旦那は、奴らには、他に狙いがあって押し込んでいる、といわれるんで」

「確たる理由はない。ただ、押し込んで家人、奉公人を皆殺しするにしては、念が入りすぎている。わざと異様さをつくり出している、そんな気がするのだ。首は、馬鹿丁寧に床の間に沿ってならべられている。斬り口をあらためたが、いずれも見事なものだ。躊躇することなく一息に叩っ斬っている。宮戸屋の骸の斬り口をあらためたときにもおもったが、凄まじいまでの太刀筋だ。この盗人一味は、剣の修行を積み重ねた者たちだろう」

「はやらない町道場の主や門弟たちが、泡銭《あぶくぜに》を稼ごうと腹をくって盗人になりさがった。そういうことかもしれませんね」

「あるいは用心棒より盗人のほうが稼ぎになると腕に覚えの破落戸《ごろつき》浪人たちが徒党を組んだのかもしれぬ」

うむ、と呻いた安次郎が、

「盗人一味というより刺客屋の集まりといったほうがよさそうですね」

「血に飢えた刺客屋が群れて手を組んだ盗人一味か」

独り言のような錬蔵のつぶやきだった。顔を向けて、告げた。

「安次郎、みんなに声をかけてくれ。皆殺しにあった井桁屋のなかを、これ以上調べても手がかりのひとつもみつかるまい。店の土間に集まるようつたえるのだ。向後の探索について指図したい」

「骸は、どうしやしょう」

「小者たちに命じて片付けさせろ。井桁屋の檀那寺《だんなでら》に家人、奉公人とも丁重に葬るよう手配りさせるのだ。共に殺されたのだ。自家の帰依する檀那寺に奉公人たちを葬っても、井桁屋の当代はもちろん、代々の主人たちも一言の文句もいうまい。奉公人たちを無縁仏として葬るのは、あまりにも哀れだ。檀那寺の住職がしのごの言い立てたら深川大番屋支配の大滝錬蔵が、そうするよう命じた、というよう小者たちにつたえておけ」

「わかりやした」

小さく頭を下げた安次郎が、錬蔵に背中を向けた。

再び錬蔵は、ならべられた首に眼を向けた。それらの首は、おのれの無念さを錬蔵に訴えかけているようにおもえた。

その怨念を、ひし、と受け止めて、錬蔵は、その場に立ち尽くしている。

四

馬場通りをやってきた安次郎は、足を止めて、大きく溜息をついた。

行く手に、雲ひとつない青空を切り裂いて、一ノ鳥居が聳え立っている。容赦なく照りつける陽差しのまぶしさに、安次郎はおもわず眼を細めた。

暦《こよみ》の上では秋だというのに、夏の暑さは、まだ居座っている。安次郎は、右手の甲で額《ひたい》の汗を拭って、顔をしかめた。袖に、井桁屋に漂っていた血の臭いが染み込んでいるような気がしたからだ。

袖を手ではたいて、安次郎は、もう一度、腕をあげて鼻を近づけ、臭いを嗅いだ。こころなしか、臭いが薄らいだような気がした。

今度は、掌で顔の汗を拭った安次郎は、錬蔵が、盗人の探索の手立てを新たに指図したときの様子を思い起こした。

井桁屋の調べを早めに切り上げさせた錬蔵は、土間に集めた松倉ら四人の同心とその下っ引きたち、前原、安次郎に目線を流して告げた。

「手がかりといえるものは何ひとつ残されていない。が、盗人たちを炙《あぶ》り出す手立てがひとつだけある。宮戸屋、井桁屋で殺された家人、奉公人の骸の斬り口の凄まじいまでの太刀筋だ。みんなも気づいているとおもうが、すべてが、見事なまでの太刀捌きで斬り殺されている。盗人一味は剣の厳しい修行を積み重ねてきた者たちに違いない。この深川に屈強の浪人たちが入り込んできていないか、虱潰しにあたってみる。怪しげな者がいたら、大番屋に同行し、とことん調べあげる。もし同行を拒めば、行く先、もしくは根城を突き止め、一同で出役して捕らえて調べる。強引なやり口でも躊躇するわけにはいかぬ。これ以上、家人、住み込みの奉公人を皆殺しするべく押し込む盗人たちを暗躍させるわけにはいかぬ。松倉、溝口、八木、小幡たちは、つねの見廻りの持ち場で聞き込んでくれ。前原はやくざの一家や賭場で、安次郎は岡場所をまわって聞き込め。大番屋へもどったら、おれの用部屋へ足を運べ。報告を聞きたい。ただちに探索に出向いてくれ」

緊迫を漲《みなぎ》らせて、一同が大きく顎を引いた。

井桁屋を後にした安次郎は、昔の男芸者のひとりに聞き込みをかけたが、おもうように話は聞けなかった。無理もなかった。ほどなく七つ（午後四時）になる。

昼間から岡場所に遊びにきている大店の旦那衆もいる。そんなお大尽の声がかかった男芸者や芸者たちは、すでに稼ぎに出かけていた。昼間の座敷からあぶれた芸者たちは、男、女にかかわらず座敷に出る支度にかかっている刻限だった。

聞き込みにまわっても、まともに話を聞いてくれる男芸者はいないだろう。どうしたものか、安次郎は、首を傾げた。頭のなかで聞き込みをかける相手を探している。

ややあって、ぽん、と安次郎は掌を拳で軽く打った。

「子供屋でものぞいてみるか」

つぶやいて安次郎は歩きだした。

深川の色里では、芸者や娼妓を抱える置屋、女郎屋のことを子供屋と呼んでいる。子供屋の親方や下働きの婆さんなら、芸者や娼妓が座敷で仕入れてきた噂話を耳にしているだろう。

新顔の、金回りのいい浪人が遊びに来ている、という程度の話でも何も聞き込めないよりはましだ、と安次郎は考えていた。

歩きながら、安次郎は、河水の藤右衛門を訪ねる、といっていた錬蔵におもいを馳《は》せた。

相手は深川大番屋支配の大滝錬蔵である。忙しいさなかでも、河水の藤右衛門は、それほど邪険な扱いはしないだろう。深川に、人の口の端にあがっている話を拾うための網の目を張り巡らしている藤右衛門のことだ。手がかりになるような話がきけるといいが。そうおもいながら、安次郎は歩みをすすめた。

料理茶屋〈河水楼〉の帳場の奥にある座敷で、錬蔵は藤右衛門と向かい合って坐っていた。

宮戸屋と井桁屋が盗人一味に押し込まれ、家人、住み込みの奉公人が皆殺しされたことを錬蔵から聞かされた藤右衛門が、うむ、と呻いた。

沈鬱な気がその場をおおっている。

しばしの間があった。

顔を錬蔵に向けて藤右衛門がいった。

「宮戸屋は塩、井桁屋は薬を、河水楼はじめ私がやっている見世見世に入れてくれておりました。まさか流鏑馬の儀が行われた日の夜から二晩つづけて、馴染みの店が盗人に押し込まれ、皆殺しにあったとは。宮戸屋さんとは流鏑馬を見物に出たときに顔を合わせ、ことばもかわしましたものを」

しんみりした藤右衛門の口調だった。

「斬り口からみて盗人たちはかなりの剣の使い手。おそらく、長年、修行を重ねた者たちではないか、と見立てているのだ。盗みに押し入る前に下見もしたであろう。盗人たちが、押し入る直前に深川にやってきたとは、とてもおもえぬ。少なくとも数日前から、深川のどこかに姿を現しているはず。いままで見かけたことのない、金遣いの荒い客の噂でも聞いていないか、とおもって顔を出したのだ」

「いまのところ、私の耳には入っておりません。政吉《まさきち》と富造《とみぞう》に噂を聞き込ませましょう。明日にでも、結果を知らせに政吉を鞘番所まで走らせます」

「探索で出歩いている。おれが河水楼に顔を出す」

「それでは、いつ来られてもわかるように手配りしておきましょう」

「頼む」

応えた藤右衛門に錬蔵が小さく頭を下げた。

暮六つ（午後六時）を告げる時の鐘が鳴り響いている。

深川七場所のひとつ、永代寺門前東仲町の土橋は、遊びに来た男たちで賑わっていた。平清楼《へいせいろう》などの茶屋の建ちならぶ表通りに立った安次郎は、あきらめ顔でまわりを見渡した。

昼間から客が来ている女郎屋に聞き込みにいっても相手にされないだろう。そうおもった安次郎は子供屋のなかの置屋にしぼって、三軒、聞き込みに歩いた。が、座敷に出る支度で忙しいのか、御上の御用ということで話だけは聞いてはくれるが、どこでも体よく追っ払われてしまった。

茶屋の店先には見世の名を記した大きな提灯が掲げられ、軒先には紅色の提灯がつらなっている。それらの提灯には明かりが点《とも》され、町は、昼とは違った華やかさに溢《あふ》れていた。見世の前に立って、客の袖を引く女たちの嬌声が、あちこちから聞こえてくる。

町中が浮かれきっている。これじゃ、聞き込みなんか、とても無理だ。鞘番所へ引き上げるしかなさそうだ。そう決めた安次郎は、鞘番所へ向かって足を踏み出した。

歩きながら、安次郎はお俊のことを考えていた。安次郎は、銭入れを拾った、というお俊のことばを信じてはいなかった。お俊は嘘をついている、とのおもいが強い。

そのおもいは、朝方、大和屋の森助を訪ね、銭入れを手渡したときに、さらに深まっていた。

落ちていた銭入れを拾って届けてきた者がいた、と告げたときに、森助が一瞬見せた怪訝《けげん》な面持《おもも》ちが、安次郎のこころに残像のように居座っている。

男芸者として長年、座敷に出ていた安次郎は、供をしてやってきた番頭や手代たちが、主人の酒宴が終わるまで待つために用意された小部屋で、黙然と控えている姿を数多く見てきた。

通いの番頭の、どこかのんびりした、余裕のある有り様と違って、住み込みの番頭の、落ち度のひとつもみせまいと振る舞う、見る者に、緊張の糸が、いまにも切れるのではないか、とおもわせるほどぴりぴりした様子が、いまでも安次郎の脳裏に強く焼きついている。森助は住み込みの番頭であった。

店のなかでも、手代や丁稚の眼を気にして、わずかの間も、気を弛《ゆる》めることのなかった森助が、懐に入れた銭入れをうっかり落とすとは、とても考えられなかった。

銭入れを森助が落としていなかったとすれば、お俊は嘘をついている、ということになる。

が、お俊が嘘をつかなければならない理由を安次郎はおもいつかなかった。

おもわず安次郎は、首を捻っていた。

釈然としないまま、安次郎は歩きつづけた。気がつくと、万年橋のたもとにいた。

橋の向こうに鞘番所の表門がみえる。

胸の中のもやもやを晴らすためには、じかにお俊に訊いてみるのが、一番いい手立てのようだ。そう腹を決めて、安次郎は万年橋を渡りはじめた。

門番所の物見窓ごしに声をかけ、安次郎は表門の潜りから鞘番所へ入った。

その足で安次郎は前原の長屋へ向かった。

表戸の前に立って呼びかけた。

「安次郎だが、いるかい」

奥から出てくる足音がして、お俊が顔を出した。

土間に降り立ったお俊が表戸をあける。

「安次郎さん、何かあったのかい」

問いかけたお俊に、

「拾った銭入れのことだがな。朝方、心当たりに届けにいってきた」

「心当たり」

鸚鵡返ししたお俊に、

「流鏑馬のとき、銭入れを掏られたと大声を上げて騒いでいた御店者がいたろう。駒形町の蠟燭問屋、大和屋の、住み込みの番頭で森助という名の男だが、そいつに銭入れを見せたら、自分のものだというんでな、手渡してきた」

「そうかい。銭入れがもどってきて喜んでいたろう、森助さんは」

「銭入れを拾って、届けてきた者がいた、といったら森助は、怪訝な顔をした。ほんの一瞬のことだったけどな。おれの話を聞くまで、森助は、銭入れを掏られた、と思い込んでいたようだ」

「とんだ勘違いだね。銭入れを落としたのに気づかなかったなんて、よほどぼんやりしてたんだね、森助さんは」

じろり、と見据えて安次郎が訊いた。

「ところでお俊、森助の銭入れ、どこで拾ったんだ」

一瞬、お俊が目をそらしたのを安次郎は見逃さなかった。

目を上げてお俊が安次郎を見返した。

「拾ったのは、神橋横丁の近くだよ。訊き方がきついよ。何か疑われてるようで、気色が悪いね」

問い返したお俊の物言いに尖ったものがあった。

おもわず安次郎は苦笑いを浮かべた。安次郎のなかで、お俊への疑念が深まっている。そのおもいを抑えて、安次郎が応じた。

「どうやら、おれにも岡っ引き根性が棲《す》みついてしまったようだ。何でも疑ってみるくせがついちまった。どうにも、いけねえ。気ぃつけなきゃいけねえな」

ことばの調子を変えてお俊が問うた。

「前原さんは、今夜は遅くなるのかね。さっき子供たちが、いつ帰ってくるかな、なんて話してたんで、気になって訊くんだけど」

「たぶん深更になるんじゃねえかな、賭場の聞き込みにまわるようだから」

「そうかい。盗人が二晩つづけて押し込んだし、これから大変になるねえ」

「大忙しよ。こうしちゃいられねえ。旦那の用部屋へ顔を出さなきゃいけねえ」

「大変だね、探索が始まると昼も夜もなくなっちまう」

「楽な稼業なんて何ひとつねえよ。じゃあな」

笑みをたたえて安次郎がいい、背中を向けた。

歩き去る安次郎をお俊がじっと見つめている。

五

土砂が高く盛り上がって海にせり出している。浜辺に打ち寄せては引いていく白波が風雅な調べを奏《かな》でていた。

贔屓《ひいき》筋の大店の主人が、昨夜、酒席でにわかに思い立った富賀岡八幡宮詣でに、お紋は妹分の芸者五人とともに付きあっている。

舟二艘を仕立てての、舟遊びを兼ねた八幡宮詣では昨日からつづく残暑をしのぐには、もってこいの宴《うたげ》といえた。

砂村は八幡宮をはじめて勧請した地で、寛永《かんえい》五年（一六二八）に、八幡宮が深川の永代島に移されるまで村の鎮守として信仰されていた。

深川八幡宮、あるいは永代島八幡宮ともいう富岡八幡宮の元の社という意味をこめて富賀岡八幡宮は、俗に元八幡、元八幡宮とも呼ばれている。

元八幡宮は洲崎弁天の前から川に沿って十八町あまり東にある。惣名を砂村の新田といい、元八幡宮のある近辺は砂村の五十軒といわれていた。

元八幡宮は本殿も拝殿も大きくはないが、造りのひとつひとつが古雅で俗事を離れ、風雅な気分を好む粋人が足繁く訪れる社であった。

特筆すべきは社内にある古松の枝ぶりの見事さで、年来の潮風に磯慣れた枝々のたわみぶりは得もいわれぬ雅さ、と評されていた。

東に南総《なんそう》、安房《あわ》、西には佃島《つくだじま》をのぞむことのできる元八幡宮の鳥居をくぐったお紋は、おもわず足を止めた。

目を細めて見つめる。

田畑を切ってつらなる桜並木の道を、よく見知った女が歩いていた。

八つ（午後二時）すぎの刻限に、そこにいるはずのない女だった。

じっと見据えたお紋は、はっきりと女の顔を見定めた。間違いなく、その女は、お紋の惚れた大滝錬蔵に恋慕の炎を燃やしつづけ、お紋と錬蔵を競いあう仲の、お俊だった。

無意識のうちにお紋は、お俊の動きを目で追っていた。

「姐《あね》さん、先に行きますよ」

妹芸者のひとりが呼びかけた声に、お紋は現実に引き戻された。

「つい景色に見惚れちまった。すぐに追いつくよ」

目線をお俊からそらしたお紋が、笑みをたたえて応じた。

行きかけて、お紋は、再び、お俊を見やった。お俊は中川口のほうへ向かって歩いていく。その先は人家もまばらな一帯であった。

どこへ行くんだろう、お俊さん。鞘番所から用件をいいつかって、中川口の船番所にでもいくのかしら。胸中でつぶやいたお紋は、先に行く贔屓筋の旦那や芸者たちに目をもどし、小走りに後を追った。

畑が一面にひろがっている。その奥に、筵《むしろ》で周囲をおおった掘っ立て小屋が十数軒、建ちならんでいる野原がみえた。おそらく、そこが与吉のいっていた無宿人の住む集落なのだろう。

いつのまにかお俊は早足になっていた。

野原に入る脇道に足を踏み入れたお俊は、周囲に警戒の視線を走らせながら、歩みをすすめた。

掘っ立小屋のつらなる野原には人の姿はなかった。お俊は、掘っ立て小屋の前をゆっくりと歩いていく。

小屋のなかに人の気配はあるのだが、出てくる者はひとりもいなかった。ある小屋の前に風車が落ちている。泥にまみれていた。よく見ると、どす黒い染みが風車のあちこちについている。飛び散った血の跡のようにおもえた。

幼子の遊び道具の風車に血が染みついているなんて、そんなことあるはずがない。疑念を強く打ち消したお俊は、風車を拾おうとして、のばしかけた手をとめた。

再び、歩きだす。

背後で、何かが動いたような気配がした。

声がかかるのとお俊が振り向くのが、ほとんど同時だった。

「お俊さん」

後ろに与吉が立っていた。傍らにある掘っ立て小屋の表戸がわりの筵がかすかに揺れている。与吉は、その掘っ立小屋から出てきたのだろう。

目線を掘っ立て小屋に走らせたお俊に気づいて与吉が、苦い笑いを浮かべた。

「そこの小屋が、おれの住まいだ。雨露と風はしのげる。暑いのは我慢できるが、寒いと隙間だらけだから、辛いはずだ。ここへ来て二ヶ月たらず、どれほどの寒さかは、まだわからねえ」

何とことばをかけていいか、お俊は困惑した。むかしの鯔背な与吉の姿が、お俊の脳裏をよぎった。

余計な斟酌《しんしゃく》をしないで話せることがひとつだけあった。お俊が、口を開いた。

「銭入れは持ち主に返したよ。気にしてるだろうとおもってね、約束したから、そのことを知らせに来たんだよ」

笑みを浮かべて与吉が応じた。

「そいつはよかった。つまらねえことをやっちまった、と後悔しつづけていたんだ。ありがとうよ、お俊さん」

まわりを見渡して、お俊が訊いた。

「人の姿が見えないけど、みんな出かけているのかい」

「仕事にありついたふたりは出かけている。後は、みんな小屋のなかでふて寝しているよ」

「与吉さんも、ふて寝していた口かい」

「情けないが、その通りよ。無宿人だということで口入屋は相手にしてくれないし、日傭で雇ってもらおうと普請《ふしん》場を歩きまわっても、けんもほろろの扱い。動き回っても腹が減るだけだというわけで、みんな、ふて寝している」

「いい稼ぎ口がみつかるといいね」

「何としても働き口をみつけたいんだが、いまは神頼みするしかない有り様さ」

うつむいて与吉が黙り込んだ。

返すことばを、お俊は見いだせなかった。

しばしの沈黙があった。

顔を上げて、与吉がお俊を見つめた。

「実は、お俊さんと出会った日に、昔の掏摸仲間の久助《きゅうすけ》とばったり出くわしたんだ」

「久助と。そいつはまずかったね。久助は、親方の腰巾着みたいな奴だ。与吉さんのことは、すぐに親方の耳に入るよ」

「たぶんな。けど、親方が何といってこようと、おれは掏摸にもどる気はねえ。たとえ殺されたって堅気でいる、とこころに決めているんだ」

「与吉さん、本気で堅気になろうとおもってるんだね」

「そうさ」

「頑張るしかないね」

「お俊さん、久助から聞いたんだが、いま、鞘番所に住んでるんだってね」

当惑が、お俊を襲った。どう応えていいか、ことばに詰まった。

が、目の前にいる、堅気になりきろうとしている与吉には、隠し事をする必要はない、とお俊は思い直した。

「鞘番所に住んでいるっていうのはほんとうのことさ。下働きをやらせてもらっているんだよ。色々大変なこともあるけど、堅気の暮らしには後ろ暗いところはないし、結構、楽しいもんだよ」

生真面目な顔つきで与吉がいった。

「お俊さん、頼みがあるんだ。おれは真面目に働く。決して迷惑はかけねえ。鞘番所の旦那方は顔が広いはずだ。その旦那方に、おれの仕事の口をみつけてもらえねえだろうか。頼む。どんな仕事でもいい。とにかく、おれは働きたいんだ。この通りだ」

手を合わせて与吉が頭を下げた。

黙り込んだお俊の顔に困惑があった。

「お俊さん、頼むよ。助けてくれよ」

声を震わせた与吉が、さらに深々と頭を垂れた。

見つめていたお俊が、ふう、と小さく息を吐きだした。こころの奥底に留まっていた困惑を吹き払うための所作といえた。

笑みをたたえてお俊がことばをかけた。

「いいよ。鞘番所の旦那方に、あたしの頼みをきいてもらえるかどうかわからないけど、堅気になろうって与吉さんの頼みだ。できるかぎりのことは、やってみようじゃないか」

「ありがてえ。恩に着るぜ」

安堵したのか与吉が満面を笑み崩した。

微笑みを浮かべてお俊が、与吉をじっと見つめている。

その夜、用部屋には錬蔵と向かい合った松倉、溝口、八木、小幡ら同心と、その斜め後ろに前原、戸襖のそばに安次郎が控えていた。この日の聞き込みは徒労に終わっていた。

報告を聞き終わった鍊蔵が、一同を見渡して告げた。

「明日も同じなかみの聞き込みをつづけてくれ。引き上げていいぞ」

一同が小さく顎を引いた。


突然……。

それは、鳴り響いた。

夜具のなかで鍊蔵は、その音を聞いた。

隣室で寝ている安次郎が起き上がる気配がした。

戸襖越しに安次郎の声がかかった。

「旦那、半鐘が鳴ってますぜ」

薄掛けをはねのけ、半身を起こして鍊蔵が応じた。

「火事のようだな」

「表に出て見てきます」

足音高く安次郎が表へ向かった。

表戸を開ける音が聞こえた。

「火の手が上がってますぜ。空が赤いや」

大声で安次郎がいった。

すでに錬蔵は、起きだしていた。

寝巻のまま錬蔵は表戸へ向かった。

表へ出る。

振り向いた安次郎が指さした。

「旦那、火事は熊井《くまい》町あたりのようですぜ」

「安次郎、すぐに着替えろ。みんなに声をかけるのだ。出役の支度をととのえ次第、門番所の前に集まるよう触れ回るのだ」

「わかりやした」

踵を返した安次郎が長屋のなかへ入っていった。

炎が高々と上がっている。

盗人一味の仕業かもしれぬ。突然、湧き上がった予感に、錬蔵は、おもわず唇を真一文字に結んでいた。

夜空を赤々と染めて燃え上がる炎を、錬蔵は凝然と見据えている。

三章　夜郎自大《やろうじだい》

一

出役した錬蔵ら深川大番屋の一群は火の手の上がる方角を目指して走った。

万年橋を渡り、河岸道を走る。

大川に架かる大きな橋の向こうに噴き上がる炎が見えた。

橋は永代橋であった。走りながら安次郎が声を上げた。

「旦那、おもったとおりだ。火事場は熊井町ですぜ」

間を置くことなく錬蔵が応じた。

「熊井町には水油問屋があったな。たしか大野屋《おおの》」

「盗人め、まさか大野屋に押し込んで火をつけたんじゃ」

「それはあるまい。炎の勢いが弱まってきたようにおもえる」

「こうしちゃいられねえ。旦那、先に行きますぜ」

いうなり、安次郎が駆けだした。

みるみるうちに遠ざかっていく。

「急げ。安次郎に遅れをとるな」

下知《げち》した錬蔵がさらに足を速めた。

一同が、それにならう。

上ノ橋、中ノ橋、下ノ橋と渡った錬蔵たちは右手にある永代橋を通りすぎた。

行く手に駆けもどってくる安次郎の姿がみえた。

大番屋の一群に気づいたのか、安次郎が足を止めて大声で呼びかけた。

「火元は熊井町の自身番ですぜ。南組の、一の組から五の組の火消したちが、総出で動きまわってまさあ。消し口をとったのは南二の組の纏《まとい》持ちで」

叫ぶなり安次郎が背中を向けてやってきたほうへ走っていく。

「目指すは熊井町の自身番。急げ」

さらに勢いよく走り出した錬蔵に溝口ら同心たち、前原、下っ引きたちがつづいた。

熊井町の自身番は相川町との境の辻近くにあった。

右往左往する町人たちでごったがえしている。逃げてくる寝巻姿の町人の家族もいる。家財道具を荷車に積み込んでいる者たちの姿もあった。

「どけ、深川大番屋の出役であるぞ。道を開けろ」

手にした十手をかざして小幡がわめいた。

自身番の火はまだ消えてはいなかった。

自身番の向かい側の町家の前に安次郎の姿があった。火消しのひとりが傍《かたわ》らでしゃがみこんでいる。

本来なら火を消すために動き回らなければならない火消しが、安次郎の足下で町家の外壁に向いて片膝までついている。その場にふさわしくない光景といえた。

駆け寄った錬蔵たちを安次郎が振り向いた。顔が引き攣《つ》っている。眼が血走っていた。

「どうした」

問いかけた錬蔵に安次郎が、

「殺《や》られました、自身番の小者が」

「小者が、殺された」

鸚鵡《おうむ》返しして錬蔵が駆け寄った。

「見てくだせえ。この紙を突き通して匕首《あいくち》が小者の胸元に突き立っていやした」

匕首に貫かれた一枚の紙を安次郎が差し出した。

受け取った錬蔵が匕首と紙を見つめた。

紙の、匕首が刺さった周辺に、どす黒い染みが広がっている。溢《あふ》れ出た小者の血が染み渡ったのだろう。

紙には、いつものように、

〈水油問屋、大野屋に盗人が押し込んだ〉

とだけ記されてあった。

紙と匕首を安次郎に返した錬蔵は、膝を折って、小者をのぞきこんだ。

しゃがんでいた火消し装束の男が、錬蔵が小者をあらためやすいように躰をよけた。

ちらり、と眼を向けた錬蔵に、

「南三の組の小頭で矢吉《やきち》といいやす。まっさきに自身番に駆けつけたんですが、小助《こすけ》さんの、この自身番の小者は、小助さんという名でして、この小助さんの骸が自身番の前に転がっていたんで。知らない仲でもないんで、小助さんを火の粉のかからないところに片づけたりしているうちに、後から来た二の組の纏持ちに消し口をとられちまいました」

悔しそうに矢吉が話しかけてきた。

「小助、というのか、この仏は」

つぶやくように応えた錬蔵が小助の胸元に眼を向けた。匕首が突き立った跡が、穿《うが》たれた穴のように見える。

他に傷跡はなかった。錬蔵は小助の肩に手をかけ、躰を前屈《かが》みにさせた。背中に、大刀で深々と斬り裂かれた傷口が斜めに走っている。何度も見せられたが、いつあらためても見事なまでの、鮮やかな太刀筋であった。小助の躰を町家の外壁にもたせかけて錬蔵が矢吉に訊いた。

「小助の骸はどのあたりに転がっていたのだ」

「自身番の表戸の前、通りの、ちょうど真ん中辺に大の字になって横たわっておりやした」

「大の字になって、だと」

「両手と両足を広げた、それこそ大の字で。そのせいか、胸に突き刺さっていた匕首が、やたら眼につきやして、遠目にも何か突き立っていることが、よくわかりやした」

「刺さった匕首が、それほど目立っていたか」

応じながら錬蔵は、小助の骸を晒した盗人は、突き刺さっている匕首がよく見えるように小助を大の字に寝かせたのだろう、と推測した。

「矢吉、手間をかけたな。後の始末は大番屋の者にやらせる。持ち場へもどってくれ」

「何かあったら、いつでもお役に立ちます。何なりといいつけておくんなさい」

「そのときは声をかける。御苦労だったな」

「それじゃ、これで」

腰を屈めて矢吉が背中を向けた。

振り向いて錬蔵が告げた。

「松倉、下っ引きたちに命じて小助を丁重に葬ってやれ」

「承知しました。まずは店番《たなばん》を呼んで、小助に身内があるかどうかあたってみます」

「そうしてくれ。それと、もうひとつ」

「それと、とは」

「おれは、自身番は付け火された、とおもっている。そのこと、火消したちにあたってたしかめるのだ。調べが終わったら、水油問屋の大野屋へ向かってくれ」

「わかりました」

うなずいた松倉から溝口たちに目線をうつし錬蔵が告げた。

「これより熊井町の水油問屋、大野屋へ向かう。大野屋に盗人一味が押し込んだとの、いつもの差し紙があった。此度は手がかりが残っているかもしれぬ。抜かりなく探索するのだ」

緊張を漲《みなぎ》らせて、一同が大きく顎を引いた。

二

大野屋は大川が江戸湾に注ぎ込む河口近くにあった。

大野屋の大戸は下ろされたままだった。錬蔵は大野屋の大戸の前に溝口と下っ引きたち、裏口に小幡とその手先、左手に八木とその下っ引きら、右手に前原と小者たちと、それぞれに持ち場をつたえて、厳重に警固するよう命じた。

大野屋は菜種油などの燈油《とぼしあぶら》、椿油に類する髪油のような液状の油を商っている。店の蔵には、家のなかのあちこちにばらまいても、あり余るほどの水油が蔵されているはずであった。万が一、大野屋の近くに盗人一味が潜んでいたとしたら、錬蔵ら大番屋の捕り手たちがなかに入ったのを見届けて、火種となる蠟燭《ろうそく》などを投げ込む恐れもある。兇悪極まる盗人一味が、何を仕掛けてくるか、錬蔵には予測もつかなかった。用心の上にも用心を重ねるべき、と判じた上での錬蔵の処置であった。

手配りを終えた錬蔵は安次郎とともに大戸の潜り口から大野屋に入っていった。

なかは宮戸屋や井桁屋と似たようなものだった。血塗れの骸があちこちに転がっている。

まだ乾いていないのか、鼻をつく血の臭いが躰に染み込まんばかりにまとわりついてきた。

鼻をつまんで安次郎がうんざりした口調で独り言《ご》ちた。

「いつ嗅いでも、厭な臭いだ。どう考えても、盗人一味の奴ら、人殺しが死ぬほど好きだとしかおもえねえ」

「大野屋では、首を斬り落とさなかったようだな。そのかわりといっちゃなんだが、自身番の小者を殺し、火をつけた。盗人一味が、盗み以外のことを、はじめてやってのけたわけだ。自身番は辻番所同様、町々の揉め事、事件の届出のあしらいなどを行う、いわば町奉行所の出先みたいなところだ。その自身番を盗人一味が襲った。成り行き次第で、奴らは深川大番屋も襲うかもしれぬな」

「そんな馬鹿な。いくら兇悪な奴らが群れている盗人一味だとしても、深川大番屋を襲うなんて、そんな無茶をやらかすはずがありませんや」

外を見やって錬蔵がいった。

「外はまだ暗い。盗人一味は、水油を盗んでいったはずだ。自身番の火の手の上がり具合からみて、盗人は水油をまいて火をつけたとおもわれる。一味が水油をどれほど盗み出したか調べねばなるまい。盗まれた水油の量が多ければ、盗みだけでなく、深川のあちこちに付け火をする恐れもでてくる」

「そんなことになったら、深川は大変な騒ぎになりやすぜ」

「明るくなるまで大野屋の探索は控えよう。安次郎はおれと店の周りを歩いて、不審な者がいないかあらためる。外へ出るぞ」

「ありがてえ。血の臭いの、あまりの凄さに鼻がひん曲がりそうだったんだ」

鼻を押さえて安次郎が、くぐもった声を上げた。

空が、薄暮から少しずつ茜色《あかねいろ》に染め上げられていく。

大野屋は十数尺ほどの高い塀に囲まれていた。扱いを誤れば大火事になる恐れのある水油を扱うためか、塀の頂に尖《とが》った釘《くぎ》の先端が、わずかの間を置いて突き出ている。

塀を乗り越えて忍び込むのは、釘の尖端の鋭いさまから判断して、怪我を覚悟の上で挑んでも、極めてむずかしいこととおもえた。

警戒の目線を走らせながら、錬蔵と安次郎はゆっくりと歩みをすすめた。

ふたりは塀に沿って大野屋の外を二回りしたが、不審な人影は見当たらなかった。

が、大戸の前にもどった錬蔵は、朝日が昇っても大野屋の探索をはじめようとはしなかった。

やがて、探索するのに十分な明るさになったと見極めたか錬蔵は、立ち番をしていた下っ引きに小幡、前原を呼んでくるようにいい、八木には、大野屋の裏口を見張るようつたえてくれ、と命じた。溝口には、そのまま大戸の前を見張るよう下知してある。

小幡とその下っ引きたちや前原と小者たち、伝令に走った溝口の下っ引きが大戸の前にやって来た。小者たちは、溝口たちとともに大戸の前で張り番をすることになった。

大野屋の座敷の探索を前原と小幡たちに命じた錬蔵は、安次郎とともに店の帳場の近くを調べ始めた。蔵された水油の量を記した帳面を見つけ出し、水油が盗み出されたか否かをたしかめなければならない。

帳面は帳場机の引き出しに入っていた。一の蔵、二の蔵に水油が貯蔵されていることが帳面に記されていた。

店の裏手の、大川寄りに建てられた蔵に錬蔵と安次郎は向かった。蔵は四棟、塀に沿って建てられていた。三の蔵の錠前が外されている。なかをあらためたら、奥の壁に造り付けられた金倉の扉が開いている。金倉には何もなかった。金倉の錠前が、扉の前に転がっていた。

一の蔵、二の蔵の錠前はかかっていた。扉の金網ごしになかをのぞくとさまざまな水油が貯蔵されているのだろう、大きな油甕が所狭しとならべられていた。

顔を見合わせた錬蔵と安次郎の眼が、錠前をはずして蔵のなかへ入って調べないと、はっきりとは言い切れないが、おそらく水油は盗まれていないはず、と語っている。

四の蔵には菜種などから油を絞りだす道具が整然と置かれていた。四の蔵は、どうやら作業場がわりに使われているようだった。

自身番に付け火したときには、盗人たちは水油を用いたはず、と錬蔵は推断している。

蔵から店へもどった錬蔵と安次郎は、あらためて畳敷の真ん中から店のなかを見渡した。

店の土間には菜種油や椿油などを入れた水甕ほどの大きさの油甕が壁際にならんでいる。店先で量《はか》り売りするために用意された油甕なのだろう。

土間に降り立ったふたりは油甕に歩みより、ひとつひとつ蓋を開けて、水油の多寡《たか》をあらためた。油甕のそばの台に、売り上げた分量を書き記した帳面が置いてあった。

菜種油を量り売りした分量を控えた帳面を手にとった錬蔵は一枚、一枚、ゆっくりとめくっていった。

帳面から顔を上げて錬蔵が声をかけた。

「安次郎、表口を見張っている小者のうち、四人を使って、それぞれの油甕に入れられた水油の量を調べ上げてくれ。新たな油甕を用意し、店にある油甕から新しい油甕に水油をうつすことで、店の油甕に残っていた水油の量がわかるはず。帳面に記された、それぞれの油甕に入れられた水油の残量と油甕から油甕へ移すときに量った分量を照らし合わせることで、どの油甕の水油の分量が帳面と違っているかがわかる。帳面に書かれた水油の分量より油甕のなかの量が少なかったら、その数量が盗人一味が盗んだ水油の量ということになる」

「たしかに、そのとおりで」

「すぐ仕掛かってくれ。おれは、聞き込みに行きたいところがある。そのうちに自身番の探索を終えた松倉がやってくる。松倉と下っ引きたちに大野屋のなかの探索に加わるようつたえてくれ」

「わかりやした。ところで旦那はどちらへ」

「藤右衛門のところだ。藤右衛門との話がすんだら、大野屋にもどってくる」

「もどられるまでに帳面と油甕のなかの水油の分量に差があるかどうか、きっちりと調べ上げておきやす」

無言で錬蔵がうなずいた。

三

熊井町から河水楼まで小半刻（三十分）もかからなかった。

すでに八つ（午後二時）は過ぎている。錬蔵は、朝から何も食べていないことに気づいた。腹が空いた、との感覚もない。

火事騒ぎに気づいて自身番へ駆けつけ、その足で、大野屋へ向かった。大野屋で血塗れの骸をあらため、盗み出された恐れのある水油の残量をあらためるように手配りした。

饐《す》えた血の臭いと水油の濃厚な臭いが、ねっとりと鼻に染みついている。町のなかを歩いていても血と水油の臭気は錬蔵についてまわっていた。

これでは飯を食べても血と水油の臭いがからみついた味がするだろう。錬蔵は、無意識のうちに顔をしかめていた。

そういえば、何事にも口に出すことの多い安次郎も、腹が減った、とは一言もいわなかった。おそらく安次郎も錬蔵と同じ有り様なのだろう。

黙々と探索している前原たちの姿を錬蔵は思い浮かべた。張り番をしている溝口や下っ引き、小者たちにも張りつめた糸のような、ぴりぴりした様子がみえた。

連日の盗人騒ぎで緊張が途切れぬまま、時だけが過ぎている。修羅場に慣れている錬蔵でも躰に染みついているのか、つねに血の臭いが気になっていた。

みんな疲れきって、空腹など感じていないのかもしれぬ。そうおもいながら河水楼に足を踏み入れた錬蔵に声がかかった。

「水油問屋の大野屋と自身番が盗人に襲われたそうですな」

その声が思案の淵に沈んでいた錬蔵を現実に引きもどした。

顔を上げると土間からつづく廊下の上がり端に藤右衛門が立っていた。

「さすがに藤右衛門、日付が変わってほどなくの、深更に起きた大野屋と自身番のこと、もう耳に入っているのか」

「政吉が聞き込んできました。何でも火事場から引き上げてきたばかりの火消しから話を仕入れたようですよ」

「火消しから」

おそらく自身番の火事の原因を調べるために松倉を残したことが、矢吉ら火消しの野次馬根性に火をつけたのであろう。いまでは、話に尾鰭《おひれ》がついて水油問屋、大野屋が盗人に押し込まれたことなど、深川中に広まっているかもしれなかった。

「とりあえず奥の座敷へ」

浅く腰を屈めて藤右衛門が告げた。無言でうなずいて、錬蔵が廊下の上がり端に足をかけた。

帳場の奥の、いつもの座敷で向かい合って坐るなり、藤右衛門が問いかけた。

「大滝さま、押し込んだ盗人が大野屋から大量の水油を盗み出したと聞きましたが、ほんとうでございますか」

「そんな噂が広がっているのか」

「火消したちのいうこと嘘ではあるまい。盗人たちは、この後、盗みに押し入った商家のあちこちに水油をばらまき、付け火をして立ち去っていくに違いない、と寄ると触ると話し合っているそうで」

うむ、と錬蔵が首を捻った。藤右衛門がことばを重ねた。

「ほんとうに盗人一味は大量の水油を盗んでいったのですか。水油は、運びにくいもの、少ない量の水油なら簡単に盗み出せそうですが、量が多くなると水油を入れる樽か油甕、運ぶ荷車が入り用になるはず。荷車で運ぶとなると人目につきます。盗人が人目につくようなことをやるだろうか、と首を捻《ひね》っていたところでございます」

聞きながら錬蔵は、藤右衛門の見立ての緻密《ちみつ》さに感心していた。

水油問屋の大野屋に盗人が押し入ったと知ったとき、錬蔵が考えたことも、藤右衛門の見立てと同じだった。松倉に、自身番が付け火されたかどうか調べるように命じたのも、万が一、自身番の付け火に水油が使われたとすれば、どの程度の量だったか推測するための一助にしようと考えたからだった。

沈黙が、その場を覆っていた。

わずかの間をおいて、錬蔵が口を開いた。

「水油を蔵した蔵の錠前ははずされていなかった。店の土間に水油を入れた油甕がならべられていた。いま安次郎が、その油甕に入っている水油の残量と店で量り売りした量を記した帳面とを照らし合わせている」

「金倉のある蔵の錠前ははずされていたが、水油の蔵の錠前ははずされていなかった。そういうことですか」

「そうだ。大野屋の家人、住み込みの奉公人はみんな、斬り殺されていた。さっきまで大野屋にいたがやってくる奉公人はひとりもいなかった。調べて、たしかめてみなければ、はっきりとは言い切れぬが、おそらく大野屋には通いの奉公人はいないのだろう」

「大野屋には通いの奉公人はおりませぬ。私のやっている店々では大野屋から水油を仕入れています。それで、大野屋の店のことはよく知っております」

ことばを切った藤右衛門が、唇を強く結んで空を仰いだ。ことばを重ねた。

「宮戸屋に井桁屋、つづけて大野屋。盗人に押し込まれ、皆殺しにあった三店とも、私のところと取引のあった御店です。流鏑馬の前の日までは、ことばをかわした仲でしたが」

つぶやいて藤右衛門は眼を閉じた。

無言で錬蔵は、そんな藤右衛門を見つめている。

河水楼で錬蔵と藤右衛門が話をしている頃……。

富岡八幡宮の本社と油堀の間にある末社のそばに立つ三基の燈籠の前に、お俊はたたずんでいた。

なんてあたしは身のほど知らずなんだろう。成り行きとはいえ、仕事探しをしてあげる、と与吉さんに約束してしまった。ほんとに馬鹿だよ。おもわずお俊は、溜息をついた。

迷いに迷って、悩んでいる。

気にかかっていることがお俊にはあった。

泥にまみれた風車が脳裏の一隅に焼きついている。

柄が土に埋もれていた。古びた風車の様子からみて、捨てられたのは一ヶ月ほど前のことだとおもわれた。

風車には血の飛び散ったような染みがあった。しかし、それは、お俊の思い過ごしで、血の痕ではないかもしれない。

砂村新田にある無宿人の集落に、二ヶ月ほど前から住みついている、と与吉さんはいっていた。風車の持ち主がどうしたのか、与吉さんに訊けばわかるかもしれない。なぜ、これほどまでに不安な気持ちになるのか、お俊は自分の意気地のなさに、もどかしささえ感じていた。いつものあたしらしくない、と強くこころでおもうのだが、すぐに迷いが頭をもたげてくる。

そのたびに、与吉さんは、堅気になる、と言い切っているじゃないか。一度、惚れ合い、肌身も許し合った相手なのに、本気で立ち直ろうとしているのに、なんで、あたしは信じることができずにいるんだろう。愚図だ、愚図すぎるよ、と自分を叱りとばし、おもいなおすのだが、どうにもならない。

堂々巡りの懊悩《おうのう》に自分を持て余したお俊は、佐知と俊作の昼餉を食べさせたあと、気分を変えようと、行くあてもなく出かけてきたのだった。

気がついたら、いつのまにかお俊は富岡八幡宮の本社裏の、むかし与吉と待ち合わせた燈籠の前に立っていた。

ぼんやりと燈籠を眺めていると、与吉と触れ合った日々が甦ってくる。

こっそり買ってきた簪《かんざし》を懐から出し、思いがけぬことに喜びを隠しきれないお俊の髪に優しくさしてくれた与吉、すねたお俊の機嫌を取り結ぼうと骨を折る与吉の困った顔などが走馬燈のようにお俊の脳裏を駆けめぐった。

突然、鳴り響いた時の鐘がお俊を現実にひきもどした。

七つ（午後四時）を告げる鐘の音だった。

燈籠のそばに一刻（二時間）近く、お俊は立ち尽くしていたことになる。

迷うこころを、お俊は、吹っ切れていなかった。与吉のことばを信じ切れない自分が情けなくもあった。このまま、燈籠の前に立っていても何ひとつ決められないことを、お俊はさとった。

見入っていた燈籠から目をそらした。

帰るところは、ひとつしかなかった。

燈籠に背中を向けたお俊は、鞘番所の長屋へ向かって、悄然《しようぜん》と足を踏み出した。

四

河水楼を出た錬蔵は大野屋へ急いだ。藤右衛門の話だと、盗人一味が大野屋から大量の水油を盗み出した、との噂が広まっているようだった。

盗み出された水油の量を、まずは、錬蔵自身がたしかめなければならない。いま、そのことを安次郎が調べている。そろそろ結果が出ていてもいい頃合いであった。

大野屋の大戸の前に立つ溝口が、錬蔵を見かけて笑みを浮かべた。歩み寄った錬蔵に、

「何の動きもありませぬ。怪しい者も現れませぬ。静かなものです」

「河水の藤右衛門のところに出向いてきた。大野屋から盗人一味が大量の水油を盗み出した、押し込んだ盗人たちが水油をまいて付け火をするかもしれない、という噂が藤右衛門の耳に入っている」

「それは、まずい。江戸っ子は火事見物は大好きですが、てめえのところが付け火されるかもしれないとなると、大騒ぎになる恐れがあります。枯れ尾花を幽霊と見間違えて、怯《おび》えて騒ぎたてるのと似たようなもの、困りましたな」

「噂のもとは火消しらしい。松倉は、大野屋にやってきたろうな」

「御支配と入れ違いにやってきました。いま、なかで、あてがわれた座敷の探索をしているはずです」

「昼夜を問わず大野屋で張り番をすることになる。後ほど、持ち場と役向きをつたえる」

「夜の張り番、私が引き受けます。盗人一味が水油を奪いにきても、ひとりもなかにいれませせぬ」

眦《まなじり》を決して溝口が応じた。

「夜の張り番、任せることになるだろう」

そう告げて錬蔵が大戸の潜り口の扉に手をのばした。

店のなかへ入った錬蔵の眼に、土間のなかほどに置いてある油甕を壁際にもどしている安次郎や四人の小者たちの姿が飛びこんできた。

「安次郎、油甕のなかの水油と帳面に記された水油の量に違いはあったか」

振り向いた安次郎が甕にこびりついた水油で汚れた手をこすり合わせながら応えた。

「ありやした。菜種油が一斗、減っておりやす」

「菜種油が一斗、な」

つぶやいた錬蔵は自身番の炎の大きさを思い浮かべた。火消したちがはやばやと駆けつけたこともあるだろうが、火が燃え広がることはなかった。昨夜から今日にかけて風は、ほとんど吹いていなかった。

風がなかったから盗人一味は付け火をおもい立ったのではないのか。不意に湧いた考えだったが、錬蔵は、あながち、うがった見方ではない、と判じた。菜種油一斗を、油壺数個に分けて入れる。ひとりが、その壺のひとつを持ち運ぶのなら、さほど重さを感じないだろう。

一連の盗人一味の動きは、隠された狙いがあってのこととおもわざるを得ない。深川大番屋を窮地に追い込み、力を削いで住人たちから嘲《あざけ》られるよう仕向ける。それが盗人一味の狙いだと錬蔵は推測している。

が、深川大番屋の面子を完膚なきまで潰して盗人一味に何の得があるというのか。錬蔵の思案はそこで行き詰まった。盗人一味は手がかりの欠片《かけら》も残していない。憶測を積み重ねても何の意味もないのかもしれない。錬蔵は、いまは目前のことをひとつひとつ見極め、対処していくしかない、とこころに言い聞かせた。

顔を向けて安次郎に訊いた。

「松倉は、どこにいる」

「奥の座敷のどこかにいられるんじゃねえですか。あっしは顔を見かけて、旦那の」

いいかけて安次郎が、ちらり、と小者たちを見やった。小者たちは、油甕をもともと置いてあった場所にもどすのに手を焼いていて、安次郎の声など聞こえていないようだった。

首をすくめて苦笑いした安次郎が独り言《ご》ちた。

「どうにもいけねえ。つい、いつもの癖が出て、気安く呼びかけてしまう。人前じゃ、御支配と呼ばなきゃ示しがつかねえや」

調子を変えて、ことばを重ねた。

「あっしは、御支配の伝言を松倉さんにつたえたきりで、どこの座敷を調べられてるかわからねえんで」

「わかった。座敷をひとつひとつ、のぞいてみよう」

笑みをたたえて錬蔵が応じた。

店から奥へつづく廊下を錬蔵はすすんでいった。前原が、小幡が、骸の転がっている座敷の一隅にしゃがみこんで、手がかりになりそうなものが落ちていないか調べている。戸襖《とぶすま》のほとんどが廊下側に倒れていた。松倉は、下っ引きたちとともに奥の座敷を調べていた。開け放たれた戸襖の向こうに飛び散った血が赤黒く染みついた壁がみえる。

廊下に立ったまま、錬蔵が声をかけた。

「松倉、自身番の火事についての調べ、うまく運んだか」

顔を上げた松倉が、

「御支配、もどられたのですか」

立ち上がって、錬蔵に歩み寄った。

「いやはや、疲れていたのでしょうが火消したちの無愛想さには、ほとほとまいりました。あまりにも突《つ》っ慳貪《けんどん》な様子に年甲斐もなく腹が立って、ついつい十手を振りかざして、御上風を吹かせてしまいました」

「御上風を吹かせたのか。あまり褒められたことではないな。町人たちに嫌われては、何事もすすみにくくなる」

　神妙な顔で松倉が応じた。

「そのこと、肝に銘じておきます」

「自身番の付け火に水油が使われていたのではないか」

「御支配のご推察どおりです。水油をまいた跡が表戸近くの土に残っておりました。火消したちも、異口同音に、火のまわりが早かった、と話しておりました」

「菜種油が一斗、盗まれている。おそらく自身番の付け火で使われたのだろう」

「菜種油が盗まれていたのですか。一斗だけですか、盗まれた水油は」

「水油を蔵した蔵はふたつ、いずれも錠前は破られていない。一斗の菜種油は量り売りのために店に置かれた油甕から盗まれた。安次郎がすべての甕に入っていた水油の量を調べている」

「今後、盗まれぬよう警戒を厳しくしなければなりませぬな」

「そのための段取りを決めねばならぬ。小幡や前原に声をかけて土間に集まってくれ」

「承知しました」

下っ引きたちを振り向いて松倉が告げた。

「おれは、御支配と話があるので座をはずす。おまえたちは、このまま調べつづけてくれ」

へい、と下っ引きふたりがうなずいた。

「土間で待っている」

声をかけて錬蔵が松倉に背中を向けた。

五

人手が足りない。歩きながら錬蔵は、向後の探索をいかにすすめるべきか、思案しつづけていた。

大野屋の土間に松倉、小幡、前原、安次郎を集めた錬蔵は、昼夜通して大野屋を警固する、と告げ、さらに、表の大戸の前は昼は小幡、夜は溝口、裏口は昼は松倉、夜は八木が、それぞれの下っ引きや大番屋の小者たちとともに張り番するよう下知した。

張り番をしている溝口と八木を、錬蔵は土間に呼ばなかった。ふたりを持ち場から離れさせるわけにはいかなかったからだ。

それぞれの相方と松倉と小幡が張り番の段取りを打ち合わせすることになっている。

今頃は、松倉と小幡が、溝口や八木と話し合っているはずだった。小者たちには大野屋に転がっている骸の後始末を命じてある。骸はすべて大野屋の檀那寺に葬るよう指図してあった。前原には、今日は、さらに念入りに大野屋を調べ、明日からは聞き込みにまわるよう命じてある。

「南三の組へ行く。供をしてくれ」

と安次郎に声をかけて錬蔵は大野屋を後にしたのだった。

半歩遅れて歩いてくる安次郎が声をかけてきた。

「旦那、さっきの松倉さんが御用風を吹かせたって話、火消したちは、本気で腹を立てたんじゃねえかとおもいますよ。火を消し止めるのに命を的に働きに働いて、やっと消し止めたというのに、休む間もあたえねえで聞き込みをはじめられちゃ、愛想よく振る舞えってのが無理ですよ。御用風をさんざん吹かされて、頭にこない奴は神様ですぜ。火消したちは腹いせに盗人一味が水油を大量に盗み出したって噂をばらまいたんじゃねえかと、おもいますがね」

振り向くことなく錬蔵が応じた。

「おそらく安次郎がいうとおりだろう。火消したちは、強引に聞き込みをかけた松倉の態度に、怒り心頭、我慢の糸が切れたのだろうさ」

「小助の骸のお守りをして一緒にいたんでわかりやしたが、矢吉は悪い奴じゃありませんぜ。粋《いき》がっているところはあるが、根はさっぱりした、竹を割ったような気性の男だとおもいやす。その矢吉を責め立てるのだけは止めておくんなせえ。それじゃ矢吉がかわいそうだ」

足を止めて錬蔵が振り向いた。安次郎も立ち止まる。

「誰が矢吉を咎《とが》めるというのだ」

「旦那に決まってまさあ。文句の一言もつけたくて南三の組に乗り込むんでしょう」

笑みを含んで錬蔵がいった。

「おれが南三の組に行くのは、そんな用件じゃないぞ」

拍子抜けしたような顔つきになって安次郎が問いかけた。

「じゃあ、他に何の用があるというんで」

「南三の組の頭から南の全組に、火の用心の見廻りを一刻（二時間）ごとにやってもらえるよう、話をつけてもらおうとおもって頼みに行くのよ。溝口たちは蔵してある水油を安全な場所に移さないかぎり大野屋の見張りからはずすわけにはいかない。そうなると大番屋のなかで満足に動きまわれるのは、おれと前原、安次郎の三人しかないということになる。あまりにも人手が足りなすぎる、とはおもわないかい」

「たしかに。南三の組の頭が快く引き受けてくれるといいんですがね」

歩き出しながら錬蔵が話しつづけた。

「引き受けてもらえるよう頼み込む。それしか手はあるまい。急ぐぞ」

「急ぎやしょう。火消したちは、仲間内で酒を呑んだりして遊ぶのが大好きだ。日が暮れるとみんな町へ繰りだして、南三の組は空っぽになりますぜ」

先に行く錬蔵をあわてて安次郎が追いかけていった。

南三の組の頭は竹造《たけぞう》という名だった。

前触れもなく訪ねてきた錬蔵と安次郎を奥座敷に招じ入れた竹造は下座に坐るなり、頭を下げた。

「同心の松倉さんが自身番の火事の顚末《てんまつ》を調べに来られたときに、若い者が粗略な扱いをしたようで、申し訳ありません。このとおりで」

さらに深々と頭を下げた。

「話は松倉から聞いた。成り行きで御用風を吹かせたようで、気まずいおもいをさせたんじゃないかと松倉も気にしていた。勘弁してくんな」

控えていた安次郎は、一瞬、耳をうたがった。安次郎がみるところ、松倉は御用風を吹かせたことを少しも悪いとはおもってはいない。松倉だけではない。八木も、溝口も、若い小幡にも、御用風を吹かすことに慣れきったところがあった。

旦那の爪《つめ》の垢《あか》でも煎じて飲ませてやりてえくらいだ。深川大番屋で一番偉い、支配役の旦那が御用風を吹かせることはねえというのによ。つねづね、そうおもっている安次郎だった。

それにしてもお務めで動き回る旦那は、何につけても、そつがないねえ。女のあしらいとは大違いだ。お紋の扱いなんざ、そっけなくて、はたで見てても、お紋が可哀想におもえるときがしょっちゅうある。胸中で安次郎が、そうつぶやいているとは夢にも思わず、錬蔵がことばを重ねた。

「あの折、矢吉には面倒をかけた。おれが礼をいっていた、と頭からつたえてくれ」

顔をほころばせて竹造が応じた。

「鞘番所の御支配さまから礼をいわれたと聞いたら矢吉の野郎、いい気分になりすぎて、そこら中に自慢して歩きまわりますぜ。何せ矢吉は底抜けのお調子者ですからね。頭のあっしも、いつも心配しているくらいで。竹を割ったような気性の、いい男なんですが、粋がってるのと調子に乗りたがるのが、どうにも玉に瑕《きず》でして」

「実は、頼みがあってきたのだ」

「頼み？　あっしにできることですかい」

「できる」

「頼みのなかみを話してもらえますか」

「頼みはふたつある。ひとつは水油問屋の大野屋から盗み出された水油は菜種油が一斗だけで、それは自身番の付け火ですべて使われた、との噂を広げてほしいのだ。火消したちが走りまわれば一日で深川中につたわるだろう。水油を盗人一味が大量に盗み出したとおもいこんでいる者たちもいるはず。水油が盗まれていないとわかれば、みんなに余計な心配をかけずにすむ」

「そのこと、お引き受けしやしょう。残るひとつは、どんなお話で」

「盗人一味の押込みが相次いでいる。南組の火消したちで毎夜、九つ（午前零時）から一刻ごと深川の町々を見廻ってもらいたいのだ」

「南三の組の者だけでよければ二つ返事でお引き受けいたしやすが、一刻ごとの見廻りとなると三の組だけでは人手が足りませぬ。南組総動員であたらなければできぬ話。だからといってあっしが頼み歩いても、そう簡単に引き受けてくれるかどうか。火事場の消し口を取ったり取られたり、火消し仲間とはいっても、いろいろと揉め事もありやすんで」

「おれが頼んで歩く。頭には他の組の頭たちとの顔つなぎの役目を担ってもらいたい」

「そういうことならお安い御用で。いますぐ出かけやすか」

「頼む」

脇に置いた大刀に錬蔵が手をのばした。

月が雲に隠れると、あたりは闇一色に塗り込められていった。

大野屋の裏口の張り番をしている八木周助は、あまりの静けさに両手を上げて背を伸ばし、大きな欠伸《あくび》をした。

突然、鼾《いびき》が聞こえた。

眼を向けると小者のひとりが塀に背をもたせかけて寝入っている。下っ引きのひとりが立ったまま、うつらうつらしていた。躰がぐらりと揺れるたびに、躰を震わせて閉じていた眼を見開く。

倒れそうで倒れない下っ引きの様子に、八木はおもわず苦笑いを浮かべた。

瞬間……。

駆け寄る数人の足音がした。

闇のなかから忽然と湧き出たかにみえる黒の盗人被りに、黒の小袖を尻端折《しりつぱしょ》りした数人が大刀を抜き連れて、迫ってくる。

「曲者《くせもの》だ」

わめいた八木が大刀を抜きはなった。

小者たちが六尺棒を、下っ引きたちが十手を手にして身構える。

躍り込んだ盗人被りが小者のひとりに斬りかかった。刃を受け止めた六尺棒を真っ二つに断ち割って、小者の首の根を盗人被りの一太刀が斬り裂いていた。

他の盗人被りたちも襲いかかる。

「呼子だ。呼子を吹け」

叫んだ八木に小者を斬り捨てた盗人被りが斬りかかる。必死に受けた八木が叩きつけられた大刀の、あまりの勢いの強さに、腰が砕けて、よろけた。

斬られたのか小者の断末魔の絶叫が響き渡った。

よろけた八木を斬り伏せるべく盗人被りが大刀を振りかざした。ことばにならない甲高《かんだか》い声を上げて、滅茶苦茶に八木が刀を振り回す。盗人被りが大刀を振り下ろした。

度胆を抜かれたのか、身を竦《すく》ませた八木は、尾を引いて迫る鈍色《にびいろ》の光を、ひたすら眼で追っている。

四章　周章狼狽《しゅうしょうろうばい》

一

盗人被りの振り下ろした大刀が八木の頭上に迫った。

傍で見ている者がいたら、八木が脳天を断ち割られ、朱に染まって地に臥《ふ》すとおもったに違いない。

が、突然……。

盗人被りが右手の二の腕を押さえ、動きを止めた。

押さえた手の指の間から、腕に突きたった一本の短い棒のようなものが見えた。

盗人被りが棒を引き抜く。

誰が投げたのか、その手に握られていたのは一本の小柄《こづか》だった。

小柄が投じられたほうを見やった盗人被りの眼に、大刀を引き抜きながら駆け寄る月代《さかやき》をのばし袴をはいた浪人の姿が映った。

「八木さん、いまだ」

浪人が声をかけた。

呼びかけに正気づいたか、息を呑んだ八木が、

「前原殿。いつの間に。おのれ負けるものか」

呻くや、大刀を握りなおし、盗人被りに突きかかった。

突き出してきた八木の切尖《きっさき》から身を躱《かわ》した盗人被りが大刀を叩きつけた。

蹈鞴《たたら》を踏んだ八木を見向きもせず、盗人被りが声を上げた。

「引き上げるぞ」

頭格とおもえる盗人被りが八木に背中を向けたとき、

「逃がさぬ」

声をかけ、走り寄った前原が斬りかかった。

その刀を鎬で受けた頭格が前原を見据えた。

「命の恩人だ。せいぜい、あの同心に恩を着せてやるのだな」

盗人被りの奥からのぞく眼に冷ややかな、皮肉な笑みが浮かんでいる。

鍔《つば》迫り合いする腕に前原が力を籠めたとき、背後から別の盗人被りが斬りかかった。

大刀を横に払いながら前原が斜め後方へ跳んだ。

斬りかかってきた盗人被りは、それ以上、仕掛けてこなかった。

踵《きびす》を返し、逃げ去る頭格と仲間たちの後を追って走り去る。

みるみるうちに遠ざかっていった。

盗人被りたちが闇に溶け込み見えなくなったのを見届けた前原が、鞘に大刀をおさめた。刀を手にしたまま八木が歩み寄る。

「小者が、ふたり斬られた。不意をつかれたのだ」

「息はあるか」

話しかけた八木には応えず、前原が血塗《まみ》れの小者ふたりの脇に坐り、覗き込んでいる小者たちに問いかけた。

「ふたりとも、すでに事切れています」

小者のひとりが応えた。

「なぜ呼子を吹かなかったのだ。吹けと命じたではないか」

今度は八木が下っ引きたちに訊いた。咎《とが》めるような響きが声音にある。

「盗人被りたちと渡り合っていたんで、呼子を吹くことができませんでした。申し訳ありやせん」

兄貴格らしい下っ引きが頭を下げた。

「これからは気をつけろ。どうにもならんな、まったく」

腹立たしげに吐き捨てた八木が、

「前原殿がもどってきてくれなかったら、おれは斬られていた。恩に着る」

「やくざの一家の賭場で聞き込んでいたのだ。万が一にも、襲撃はあるまいとおもったが、とりあえず大野屋の様子を見てから大番屋へ引き上げても、わずかな遠回りですむこと、そうおもいたって足を向けた」

「溝口のところはどうであろう。おれたち同様、襲撃されたかもしれぬな」

「ここに来る前に遠目で眺めたときは何事もなかった。もっとも、その後のことはわからぬが」

「様子を見に行かせよう。誰か、表へ走って、どんな具合か見て来てくれ」

「わかりやした」

下っ引きのひとりが駆けだしていった。

見送った前原が、

「小者たちの骸を運ぶ荷車を手配せねばならぬな。おれが自身番へ行ってこよう」

「前原殿は、ここにいてくれ。また、盗人一味が襲ってくるかもしれぬ。下っ引きをいかせよう」

兄貴格の下っ引きを見やって八木が声高にいった。

「荷車が必要だ。近くの自身番に出向いて小者に掛け合って荷車を調達してきてくれ」

「深更のこと、荷車の手配に時がかかるかもしれやせんが」

「荷車がいるんだ。持ち主が寝込んでいたら叩き起こせ。どんな手立てをとっても荷車を用立ててくるんだ」

「そうしやす」

頭を下げた兄貴格が背中を向けて走り出した。

ちらり、と八木を見やった前原の眼が、十手風を吹かせて、あまり強引な手立てをとると、町人の反感をかうだけではないのか、といっている。

そんな前原のおもいに気づきもせず、八木が荒々しく大刀を鞘におさめた。派手に鍔音が鳴り響く。

ほどなく溝口のところへ走った下っ引きがもどってきて八木に報告した。

「何の異変もなかったそうです。あっしらが盗人一味に襲われたといったら溝口さんが驚いておられました」

渋面をつくって八木が吐き捨てた。

「運が悪いとしかいいようがない。よりによっておれが見張っているところを襲うとは盗人どもめ、何か、おれに恨みでもあるのか。腹が立つ」

小者の骸のそばで膝を折り、手を合わせていた前原が顔を上げ、声をかけた。

「八木さん、小者たちの骸に手を合わせてやってはどうだ。十二分に働いてくれた。冥福を祈ってやろう」

「そうだったな。日頃は深川大番屋で庭や建家を掃除したり、手入れをしている捕物にはかかわりのない者たちだ。気の毒なことをした」

骸のそばに歩み寄った八木が膝を折り、神妙な顔つきで眼を閉じて手を合わせた。

二

荷車の傍らに筵《むしろ》が敷いてある。その筵に小者ふたりの骸は横たえられていた。大野屋から引き上げてきた下っ引きや小者たちが傍らに控えている。

膝を折って合掌していた錬蔵が立ち上がって八木を振り返った。厳しい眼差しだった。

「小者たちが斬られたとき、どうしていたのだ。助けてやる余裕はなかったのか」

「盗人一味のひとりと斬り結んでおりました。恐るべき剣の使い手、あやうくやられるところでした。前原殿が、聞き込みの帰りに立ち寄ってくれなかったら、おそらく私も」

「斬られたというのか」

「多分、命を奪われていたのではないかと」

応えた八木から前原に眼を移し、錬蔵が問いかけた。

「前原はどうみる。斬られていた、とおもうか」

ちらり、と八木に目線を走らせた前原が、

「それは」

といいかけて、ことばを切った。どう答えるべきか、逡巡が前原にあった。

ややあって口を開いた。

「私は、少しでも八木さんの手助けになればとおもい、小柄を投ずるのに精一杯で、その場のことは、よく憶えておりませせぬ」

「そうか。憶えておらぬか」

じっと見つめた錬蔵の目線を避けるかのように前原が眼をそらした。

ふむ、と錬蔵が小さくうなずいた。何事か感じとって無意識に為した所作とおもえた。

顔を八木に向けて、錬蔵が告げた。

「大野屋の見張り、向後も手抜かりなくつづけてくれ。八木もわかっているとおもうが、なにしろ手が足りぬでな」

「それは、しかし……」

「しかし、何だ」

「大野屋には水油が大量に蔵されています。昨夜の盗人一味は、水油を奪い取ろうとして襲ってきたに違いありませぬ。万が一、水油を奪われるようなことになったら、取り返しがつきませぬ。私の剣の業前は、溝口には遠く及びませぬ。命を惜しむわけではありませぬが、私が大野屋を見張っているのでは水油を奪われる恐れは大きくなります。それゆえ、私より腕の立つ他の者に見張りを命じられたほうがよいのでは」

「たわけ」

低いが、聞く者を威圧する力が錬蔵の声音にあった。

話しつづけようとした八木が黙り込んでうつむいた。

「おのれの剣の業前が未熟だとわかったら、日夜、真摯に修行に励むことだ。命を失っては任務は果たせぬ。死んだら、すべて終わりだ。同心の務めを果たし、おのが命も永らえる。剣の上手になることが、そのための唯一無二の手立てなのだ。それができぬというのなら、自ら同心の職を辞せ。おのが命を守る手立てはそれしかない」

悄然と肩を落とす八木から目線を移し、ことばを重ねた。

「前原、予定外の徹夜の張り番、御苦労だった。昼間の聞き込みには出かけぬでよい。まずは休め。夕方から務めにもどればよい」

再び、振り向いて告げた。

「八木、小者たちの骸を丁重に葬ってやれ。よいな」

「承知しました」

「おれは探索に出かけねばならぬ。小者たちの墓は、大番屋へ帰ってから詣でる。小者たちをどこの寺に葬ったか、門番につたえておいてくれ」

いうなり錬蔵は八木に背中を向けた。歩き去っていく錬蔵を八木と前原が見つめている。

半刻（一時間）後、急ぎの届出書に眼を通し、指図書をしたためた錬蔵は用部屋を後にした。

探索へ出かける前に長屋へ立ち寄ろうと足を向けた錬蔵は、門番所の前に立つ安次郎を見かけて足を止めた。錬蔵に気づいて安次郎が近寄ってきた。

「お供しやすぜ。昨夜、夜遅くなって行きそびれた火消しの組々、手分けして回れば用件が早くすみやす」

「実は、安次郎に頼みがあって、出かける前に、長屋へもどろうとしていたところだ」

「あっしに頼みが」

鸚鵡返しした安次郎に錬蔵が、

「昨夜、大野屋で張り番をしていた八木が盗人一味に襲われ、小者ふたりが殺されたこと、存じておろう」

「今朝方、門番が、旦那に知らせにきたときに聞き耳をたてていましたので、知っておりやす」

「今夜、張り番をする八木たちを、ひそかに張り込んで警固してほしいのだ。万が一、再度、盗人一味が襲撃を仕掛けてきたら、八木の業前では、とても防ぎきれぬ。小者たちが命を奪われる恐れもある。これ以上、死人を出すわけにはいかぬ。向後は、前原と一日おきに、八木たちを警固してもらいたい」

「そのこと、前原さんと段取りを話し合っておきやす」

微笑《ほほえ》みを浮かべた安次郎が、ことばを重ねた。

「実のところ、これから前原さんの長屋へ行って、旦那の長屋で一休みするよう、すすめようとおもっていたところで。なにせ前原さんのところにはふたりも子供がいる。静かにしろといっても、元気に動き回るのが子供にとっちゃ仕事みたいなもの、とても聞き分けるものじゃありやせん。一眠りできるような有り様じゃねえとおもいやすんで」

「そうしてやってくれ。安次郎も、夜の張り込みに備えて休むことだ。昨夜、南一の組と二の組はまわった。残るは四の組と五の組だ。話が長引いても夕方には終わるだろう」

「その後は、どうなさるんで」

「南三の組の連中の夜廻りにつきあうつもりだ。どんな道筋をとるのか知っておきたい」

浅く腰を屈めて安次郎がいった。

「おことばに甘えて休ませていただきやす」

無言で微笑んで錬蔵が背中を向けた。

南三の組の表戸を開けた錬蔵の眼に、正面の板敷の上がり端に、所在なげに腰をかけている矢吉の姿が飛びこんできた。

顔を上げて錬蔵を見るなり矢吉が跳ねるように立ち上がった。

奥へ向かって大声で呼びかけた。

「頭、鞘番所の御支配さまがおいでになりましたぜ。すぐ、お連れしやす」

振り返った矢吉が、

「御支配さま、ず、ずいと奥へ入っておくんなさい。頭がお待ちかねで」

腰を屈めて満面を笑み崩した。

奥の座敷で錬蔵と竹造が向かい合って坐っている。竹造の斜め後ろには矢吉が控えていた。

ぽん、と竹造が膝を叩いて、笑みをたたえた。

「そいつは豪気だ。南三の組の夜廻りに鞘番所の御支配さまがつきあってくださるとは、ありがてえ話で。南三の組の威勢を大いに示せますぜ」

「折を見て、他の組の夜廻りにもつきあうつもりだ。そのことは含んでいてくれ」

「なあに、初回の夜廻りにつきあってもらえることに値打ちがあるんでさ」

振り向いて、ことばを重ねた。

「矢吉、聞いてのとおりだ。今夜の最初の夜廻り、おれと一緒におまえもお供するんだ」

「ありがてえ。もっとも、あっしが夜廻りをやらねえで南三の組の誰がやるというんで」

「これだ。調子に乗って、はしゃぎすぎねえようにしな。いいな」

「へい。すべて心得ておりやす」

軽い口調で矢吉が応えた。

苦笑いして竹造が錬蔵に顔を向けた。

「万事、この調子で。がさつな奴らばかりで腹が立つことがあるかもしれやせんが悪気はねえんで、そこんとこはご勘弁願いやす」

恐縮したように首をすくめ、竹造が頭を下げた。

「せかすようで悪いが、出かけよう。歩きながら、これから向かう南四の組にかかわる話など聞かせてくれ」

脇に置いた大刀に錬蔵が手をのばした。

南三の組の竹造と供の矢吉を仲介役に錬蔵が南四の組、南五の組に夜廻りをしてくれるよう頼み歩いている頃……。

三

鞘番所の表門の前でお俊が困惑を露《あら》わに、突然、訪ねてきた与吉と向き合っていた。

大きな溜息をついてお俊が口を開いた。

「いきなり訪ねてきて困るじゃないか、あたしだって、いろいろ都合があるんだよ」

「すまねえ。仕事を探しに来たんだが四ヶ所あたっても、けんもほろろの門前払い。行く当てもなくさまよい歩いて、気がついたら、いつのまにか鞘番所の前に立っていたんだ。鞘番所を見上げた途端、お俊さんのことをおもいだして、ついつい門番衆に声をかけてしまった。勘弁してくんな。このとおりだ」

手を合わせて頭を下げた与吉に、あわててまわりを見渡したお俊が、

「何てことするんだい、手なんか合わせてさあ。みっともないじゃないか。ここは表門の前だよ。人目につくだろう。話だけは聞くからさ。ちょっとあっちに、人目につ

かないところに行こうよ」

いうなりお俊が歩きだした。

「すまねえ、お俊さん。話を聞いてもらえるだけでもありがてえ。愚痴話を聞いてもらえるだけでも気が楽になるってもんだ。ありがてえ。ほんとにありがてえ」

話しかけながら与吉が後につづいた。

河岸沿いに立ったお俊が肩をならべて立った与吉に声をかけた。

「まだ与吉さんのこと、誰にも話しちゃいないんだよ。皆さん、お忙しくてね。日頃は探索にはかかわらない小者衆までかり出されて走りまわっている始末なのさ」

「そんなに大変なのかい、鞘番所の旦那方は」

「くわしい話はできないけど、とにかく、大忙しなのさ。だからさ、旦那方に与吉さんのことを頼むにしても、いまは、とても無理なのさ。皆さん、ぴりぴりしていて、話をするきっかけをつかめないんだよ」

「そうかい。それほど大忙しなのかい」

大きな溜息をついて与吉が、ぼそっ、と独りごちた。

「どうしよう。これじゃ明日からおまんまの食い上げだ。巾着にはびた銭一枚、入っちゃいねえ」

ちらり、とお俊が与吉を見やった。が、ことばをかけようとはしなかった。

小名木川の水面にお俊は目を向けている。どうしたらいいのか、お俊にはわからなかった。

小名木川を、荷を積んだ舟が数艘、上っていく。行き交う、下っていく舟のほとんどが荷を積んでいなかった。千石船から積み込んだ荷を商い先に荷揚げして、再び、荷を積むために江戸湾に停泊する千石船へ向かってもどっていくのだろう。

いつもと変わらぬ小名木川の風景がお俊の目の前にあった。

ただ黙然と、お俊は川面に目を向けている。


表門の潜り口から出てきた安次郎がまだ眠気がさめないのか、足を止めて、ゆっくりと首をまわした。

大きな欠伸をしかけて安次郎が動きを止めた。

「どうした」

つづいて潜り口から出てきた前原が声をかけた。

「いえね、お俊が」

「お俊さんが、どうしたというのだ」

指し示した安次郎の目線をたどった前原が、

「お俊さんといる男、何者だろう。形《なり》からみて職人のようにみえるが、幼なじみでも訪ねてきたのかもしれんな」

「むかしの掏摸仲間かもしれやせんね。お俊から親しくしていた幼なじみがいると聞いたことはねえ。まさか、お俊の奴、みょうな男とかかわっちまったんじゃねえだろうな」

「それはあるまい」

応じた前原には見向きもせず、じっと男を見つめていた安次郎が、

「たしかに形は職人風だ。待てよ」

首を捻って、つづけた。

「あの職人風の男、どこかで見たような。どこで見たのか」

再び、首を傾げた安次郎に、

「ふたりの様子から見て、あの男、何か相談事があって、お俊さんを訪ねてきたのかもしれぬな。どうもそんな気がする」

見つめたまま、うむ、と呻いた前原に安次郎が、

「お俊の気性だ。相談事をもちかけられたのなら、あっしらが、どんなに忙しがって

ても、聞いてほしい話があるんだけど、と持ちかけてきまさぁ。なにせ何事にも、はっきりした物言いをする女ですからね」

「女を見る眼にかけちゃ、おれなんか足下にも及ばないほど長《た》けた安次郎の見立てだ。たしかに、そのとおりかもしれぬ」

うむ、と前原がうなずいた。自分自身を納得させるために為した所作ともおもえた。

「行きやすか。さっき話し合ったとおり、今夜は、夜っぴて八木さんにお付き合いしなきゃならねえ。できるだけ早く、聞き込みにかかりたいんで」

再度、声をかけて安次郎が歩きだした。

ちらり、とお俊に眼を向けて前原がつづいた。

万年橋を渡って御舟蔵のほうへ去っていく安次郎と前原に、お俊が気づくことはなかった。凝然と、小名木川の水面を眺めて立ち尽くしている。

四

一ノ鳥居が夜空を切って聳《そび》え立っている。茶屋が数多く建ちならぶ櫓下《やぐらした》から永代寺門前東仲町へのびる馬場通りは、見世の名を記した軒行灯や軒下に吊られた提灯の明かりに照らし出されて、さながら不夜城の一角のようにおもえた。

そぞろ歩く遊客たちが一様に足を止め、酔眼を凝らして、歩いてくるひとりの芸者に眼を奪われている。

美形であった。躰全体から色香が滲み出ている。艶やかななかにも、小粋な、凜とした、深川芸者らしい気っ風の良さも漂っていた。

芸者はお紋であった。

次のお座敷へ向かうのか、風呂敷包みを抱えた妹芸者を連れたお紋は、真っ直ぐに前を見つめて歩いていく。

櫓下からやってきたお紋の足が、富岡八幡宮の鳥居の前で、不意に止まった。

ついてきた妹芸者も立ち止まる。

三十三間堂町の河岸道から馬場通りへ出てきた南三の組の火消したちのなかに、お紋は、錬蔵の姿を見いだしていた。

南三の組と書かれた提灯を手に、ふたりの若い衆が先導をつとめていた。錬蔵は、その後ろ、南三の組の頭、竹造と肩をならべて歩いてくる。お紋は火消したちの会合に何度も呼ばれていた。その折りに、竹造を見かけている。

なぜ錬蔵が、竹造とならんで歩いているのか、事情を知らないお紋にはわからなかった。深川の御店に、つづけざまに盗人一味が押し込んでいるという噂を、お紋はすでに耳にしていた。

南三の組の火消したちと一緒に錬蔵が見廻りをしていることと、盗人一味の暗躍には深いかかわりがあるのかもしれない。そのくらいのことは、お紋にも推量できた。

歩いてくる錬蔵の顔に険しさがみえる。いまは顔を合わせるべきではない。不意に湧いたおもいに、一瞬、お紋は途惑《とまど》った。

が、次の瞬間、その思案に、お紋はしたがうことにした。

いま錬蔵と顔を合わせたら、厳しい眼差しを向けられるに決まっている。任務についているときの錬蔵と、ふたりきりでいるときの錬蔵が、時として別人のようになるということをお紋は、よく知っていた。

どうせつれない素振りをされるに違いない。そんなめにあったら、切なくなるだけだもの。そんな考えがお紋をとらえていた。

妹芸者を振り向いて声をかけた。

「ちょいと急ぎの用をおもいだしたんだ。次の座敷に先に行っておくれ。あたしは、少し遅れるからと、お客さんにつたえるんだよ」

目を細め空を見やって妹芸者が諳《そら》んじるようにつぶやいた。

「お紋姐さんは急ぎの用ができたので少し遅れます」

「そう。それでいいんだよ。よろしくね」

「じゃ、お先に」

小さく頭を下げて妹芸者が背中を向けた。

妹芸者が歩き出すのと、お紋が近くの町家の陰に身を隠すのが、ほとんど同時だった。

外壁に身を寄せて、お紋がじっと錬蔵を見つめている。

近くにお紋がいることに錬蔵が気づくことはなかった。

見つめるお紋の目の前を錬蔵が通りすぎていく。

南三の組の火消しの一行は錬蔵を入れて十人だった。

火消したちは、

「火の用心」

との声を上げることはなかった。ただ周囲に警戒の目線を走らせながら、ゆっくりと歩いていく。

どこかに不審な者はいないか、と探っている目つきだった。

南三の組の一行が歩き去っていくのを見届けて、お紋は町家の陰から姿を現した。行きかけて、足を止めたお紋は、再び、錬蔵に目を向けた。錬蔵の後ろ姿が次第に遠ざかっていく。

ふう、と切なげな吐息を洩らしたお紋は、錬蔵から顔を背け、次のお座敷に向かうべく踵を返した。

河水楼の台所では、客に出す酒や肴の支度で板前たちが忙しく立ち働いていた。できあがった高足膳に盛られた酒肴を仲居たちが片っ端から運んでいく。

騒々しい台所の、土間との境の板敷の上がり端の一隅に腰をかけ、場違いにも、のんびりと話し込んでいるふたりがいた。

ひとりは安次郎であり、もうひとりは政吉だった。

「深川に流れ込んできた、強そうな浪人者の噂はさっぱり耳に入ってこないっていうのかい。おれのほうも、ご同様さ」

溜息まじりに安次郎がいった。

「面目ねえ。あっちこっち走りまわってるんだが、おもしろそうな話は、どこにもねえ始末で」

頭を掻いた政吉が、ぽん、と手を打って、

「盗人一味にはかかわりねえかもしれねえが、みょうな話を大工の棟梁《とうりょう》から聞いたぜ。働かせてくれ、と何度も普請場に通ってきた無宿人三人を日傭で雇った。真面目で気がつく。無宿人とはいえ、働きぶりが気に入って、棟梁は、次に仕掛かる、おれの仕切る普請場でつづけて働いてくんな、と声をかけたそうだ。大喜びで帰って行ったが、働き始めて二ヶ月目、突然、顔を出さなくなった。飢饉《ききん》で年貢を納められなくなり逃散《ちょうさん》してきたとはいえ、根は正直者の連中だ。棟梁は気になって無宿人たちが住んでいる集落に出向いたが、なんと、その集落は蛻《もぬけ》の殻で、人の姿はない。仕事にありつけて、こんな嬉しいことはない、と涙を流さんばかりでいた連中が、なんで夜逃げなんかしたのか、さっぱりわからねえ。いまでも狐につままれたような気分だ、と棟梁がいっていたっけ。無宿人たちがいなくなったのは、二ヶ月ちょっと前らしい。二ヶ月前あたりに盗人一味が深川にやって来たんじゃねえかという大滝の旦那の読みと、時期的には合っているような気がして、ひっかかったんだ」

つまらなさそうな顔つきになって安次郎が応えた。

「その無宿人たちは、深川にいられない、のっぴきならない事情ができて行方をくらましたのさ。そうに決まってらあ。盗人騒ぎとはかかわりはねえよ」

「そうですかね。あっさりと、そういわれちまうと、なんか、そんな気がしてくるから不思議なもんだ。話としちゃ、おもしれえ話なんだがなあ」

首を傾げて政吉がつぶやいた。

両手で軽く腿を打った安次郎が、

「どれ、出かけるとするか」

立ち上がって、ことばを重ねた。

「これまでどおり聞き込みをつづけてくんな。また話を聞きにくらあ」

「どうにも役立たずで」

坐ったまま政吉が頭を下げた。

鞘番所の長屋に前原が帰ってきたのは四つ（午後十時）過ぎだった。

表戸を開けて長屋に入った前原の眼に、板敷の間の一隅に坐っているお俊が飛びこんできた。

「起きてたのか」

「考え事をしてたら眠れなくなっちまってね。前原さんが帰ってきたら茶でもいれてやろうとおもって待っていたのさ」

立ち上がったお俊が土間に降り立った。七輪にかけた土瓶から湯気が立っている。茶でもいれてやろうとおもって、といったお俊のことばを裏付けていた。

板敷の上がり端に湯呑み茶碗ふたつと急須を載せた角盆が置いてある。土瓶を手にしたお俊が急須に湯を注いだ。

そんなお俊を前原が見やっている。不意に前原の脳裏に、小名木川の河岸道に立つお俊と職人風の男の姿が浮かんだ。

土瓶を七輪にかけて、お俊が角盆を持って前原の前に坐った。

急須を手にしたお俊が、前原の前に置いた湯呑みに茶を注いだ。

「すまぬ」

「たまには入れ立てのお茶もいいだろうとおもってさ」

湯呑みをとり、前原が茶を飲んだ。

「うまい。やはり茶は熱いのにかぎる」

自分の湯呑みに茶をつぎながら、お俊が話しかけた。

「大変な奴らが深川に入り込んできちゃったね。小者衆がふたりも殺されてるし、鞘番所は当分の間、大忙しだね」

茶を、さらに一口飲んで前原が湯呑みを角盆に置いた。しげしげとお俊を見つめて、問いかけた。

「相談したいことがあるのではないか。お俊さんには、子供たちの母親がわりをしてもらって、ありがたいとおもっている。何のお礼もできなくて、申し訳ないほどだ。おれにできることなら何でも引き受ける。遠慮しないでなんなりと話してくれないか」

「そんな、頼みごとなんて、ないよ。それに、こんな大変なときに、頼みごとなんかできるはずがないじゃないか」

さらに凝然と前原がお俊を見つめた。その眼差しは柔らかく、優しさが籠もっていた。

「実は、見たのだ。小名木川沿いにお俊さんと職人風の男が立っていたのを、昼間、出かけるときに見かけた。お俊さんの様子が、なにやら困っているような、そんな気がして、気になっていたのだ」

「そうかい、見られてしまったのかい。まさか、訪ねてくるとはおもわなかったんだよ、与吉さんが」

「与吉というのか、あの職人風の男は」

「昔の掏摸仲間さ」

「掏摸仲間？」

「与吉さんは、いまは掏摸じゃないんだよ。足を洗って、堅気《かたぎ》になろうと深川へ舞いもどってきたんだ。無宿人になっちまって、他国を流れ歩きながら大工や左官の真似事をしていたといっていたっけ。深川の無宿人の集落に居着いたものの、日傭の仕事にもありつけない。流鏑馬の日にたまたま出会ったのが縁で、口を利くようになったんだ。二回目に出会ったときに、仕事を探してくれないか、と頼まれて、ついつい昔の知り合いの懐かしさから安請け合いしちまったのさ。馬鹿だろう。ほんとに馬鹿な話さ。まさか、あんなに必死になって、押しかけてくるとはおもわないから、引き受けちまったんだ」

「与吉の仕事をみつけてやれば、お俊さんの気持ちも軽くなるんだろう。おれが、与吉さんの仕事探しをしてやろう」

「そんな、気にしなくていいんだよ。あたしが与吉さんに詫びを入れればすむ話なんだから」

「気にするな。そうだ。明日の朝、おれと一緒に御支配の長屋に行こう。ふたりで与吉の仕事探しのこと、頼んでみよう。与吉は堅気になろうと頑張っている。御支配も、きっと相談にのってくださる。御支配は、そういうお方だ」

「前原さん」

呼びかけて、お俊がじっと前原を見つめた。

「恩にきるよ。ほんとに、すまないね。ありがとうよ」

目を潤ませて、お俊が胸の前で手を合わせた。

五

翌朝早く、錬蔵が、よほどのことがないかぎり欠かさない、木刀の打ち振りが終わった頃合いを見計らったように、前原とお俊が訪ねてきた。

土間からつづく板敷の間でふたりと向かい合って錬蔵が話しかけた。

「用部屋ではできぬ相談事でもあるのか」

姿勢を正して前原が応えた。

「実は、お俊の昔馴染みで、与吉という男が仕事がなくて困っているのです」

「お俊の昔馴染みというと、掏摸仲間か」

目線をお俊に移して錬蔵が問うた。

ちらり、と前原を見やってお俊がうつむいた。

口を開いたのは前原だった。

「実は、そうなのです。掏摸の足を洗おうと江戸を出て、あちこち渡り歩いていたが、少し前に深川にもどってきたという話でして。江戸を離れたときに人別から外れてしまい、いまでは無宿人になってしまって、そのせいか日傭の仕事を探し歩いても門前払いをされる始末。流鏑馬の日に偶然、出会ったのを機にお俊さんに相談を持ちかけてきたということなのですが」

再びお俊に顔を向けて錬蔵が訊いた。

「与吉は、本気で堅気になろうとしているのだな」

「あたしには、そうみえます」

うむ、と錬蔵がうなずいた。

何やら思案をめぐらしているらしく空を見据えた。

そんな錬蔵を、前原とお俊がじっと見つめている。

しばしの間があった。

眼をお俊にもどして錬蔵が口を開いた。

「信用できる者だな、与吉は」

すかさず前原が応えた。

「私が請け人になります。私はお俊を信じております」

視線を注いでお俊が、おもわず声をかけた。

「前原さん、おまえさんて人は」

凝然と前原を見つめて、錬蔵が告げた。

「前原、おれは、おまえを信じている。頼みを聞き入れよう。小者がふたり盗人一味に殺された。大番屋では人手が足りぬ。いきなり常雇いというわけにはいかぬが、当分の間、日傭の扱いで大番屋で働いてもらおう。庭掃除などの雑用が仕事のなかみだ。しばらく様子を見て、常雇いにするかどうか決めることにする」

「御支配」

「旦那、こんな、とてつもない話を、叶えていただけるなんて」

ほとんど同時に前原とお俊が声を上げた。

「お俊、明後日の朝五つ（午前八時）前に深川大番屋へ顔を出すよう与吉につたえてくれ。その後は、探索に出ねばならぬ。くれぐれも刻限を違えぬようにな」

笑みをたたえて錬蔵がいった。

一刻（二時間）ほど後、用部屋で錬蔵と徹夜の張り込みからもどってきた安次郎が向かい合っていた。

　日傭の扱いで、前原の口添えもあり、お俊の知り合いの与吉を雇い入れることにした、と錬蔵から聞かされた安次郎が不満げに口を尖《とが》らせた。

「旦那、いっちゃなんだが、そいつは、ちょっと軽はずみというやつじゃねえですか。与吉という男が、お俊と、昔、どういうかかわりがあったか詮索はしませんがね。その男、形はたしかに職人風だったが」

「見たのか、与吉を」

「昨日の昼間、あっしと前原さんが鞘番所を出るときに小名木川沿いの河岸道の川縁にお俊と肩をならべて立っていたのを見かけたんですよ。おそらく、そいつが与吉じゃねえかとおもいやすが。待てよ」

　そこで、ことばを切って、首を傾げた。

「与吉は昔は掏摸だという話でしたね。与吉を見たとき、どこかで見かけたような気がしたが、いま、おもいだした。流鏑馬の日、掏摸騒ぎがあったときに、近くにいたような気がする」

「気のせいではないのか」

　問うた錬蔵を見やって、

「間違いねえ。与吉は、あのとき、近くでうろうろしてましたぜ」

「お俊は、流鏑馬の日に偶然、出会ったといっていた。おそらく、そうであろう」

ぽん、と掌を拳で打って安次郎が声を上げた。

「そうか、そういうことだったのかい」

「どうした、何が、そういうことなのだ」

「いえね、お俊があのとき、急ぎの用ができたといってあっしに佐知ちゃんと俊作ちゃんを強引に押しつけて、どこかへいっちまったんですよ。おそらく与吉を追っていったんだな、お俊は」

うむ、とうなずいて錬蔵が眼を閉じた。

「旦那、あっしは、その与吉という男が、そのとき、大和屋の森助の懐から銭入れを掏りとったんじゃねえかとおもいやすが。掏ったのに気づいて追いかけてきたお俊に観念して、銭入れを渡したんじゃねえでしょうか。ほんの出来心でしたことだ、見逃してくれ、銭入れは持ち主に返してくれ、とか何とかうまいことといって、お俊に押しつけたんじゃねえでしょうかね」

一膝乗りだした安次郎に眼を見開いて、錬蔵が告げた。

「そうかもしれぬ。が、それはそれで、いいではないか」

「それで、いいとは、どういうことで」

「与吉は堅気になると決めているそうだ」

「そんなあ、口では何とでもいえまさあ」

「安次郎、おれがおまえを信じているように、前原もお俊も与吉を信じているのだ。

前原は、お俊を信じている。だから与吉の請け人になる、といいきった。おれは、そのこころを大切にしてやりたい。それだけのことなのだ」

「旦那」

いいかけたことばを安次郎が呑み込んだ。錬蔵に眼を向けて、いった。

「わかりやした。与吉のことについちゃ、もう何もいいやせん。が、あっしには、あっしが渡ってきた処世で培《つちか》った勘というやつがありやす。その勘働きの指図にしたがって動かさせてもらいますぜ」

そういって安次郎が頭を下げた。

八つ（午後二時）を過ぎた頃、砂村新田にある無宿人の集落にお俊の姿があった。

やって来たお俊を見かけたのか、表戸がわりの筵を押しのけて小屋から与吉が出てきた。

小走りにお俊に近寄った与吉が声をかけてきた。

「みつかったのかい、仕事が」

「みつかったよ」

「ありがてえ。身を粉にして働くぜ。で、奉公先はどこだい」

「鞘番所だよ。庭掃除など雑用をやってもらおうと御支配さまが仰有ってくださったよ」

「鞘番所で働けるなんて夢のようだぜ。ありがてえなあ。お俊さん、ほんとにありがとうよ。世話をかけちまった。なんとお礼をいっていいのか」

「明後日の朝五つ前に鞘番所に来ておくれ。遅れちゃ駄目だよ。御支配さまは忙しいお人だから、遅れたら話は反故《ほご》になりかねないよ」

「わかってるよ。こんないい話、二度とはねえ。五つ前に必ず行くよ」

「用件はつたえたよ。あたしも何かと用があるんでね、引き上げるよ」

「もう帰るのかい。もう少し話していきなよ。昔話もしたいしさあ」

「あたしゃ、いまは、あまり話したい気分じゃないのさ。それじゃ、行くよ」

踵を返して行きかけたお俊の足が止まった。

足下をじっと見つめている。

踏みつぶされた風車が、ひしゃげて泥まみれになっていた。かろうじて、元の形をとどめている。

「どうしたんだい。むずかしい顔をして」

かけてきた与吉の声に、風車から目をそらしたお俊が、

「何でもないよ。明後日、待ってるよ」

いうなり、足を踏み出した。

踏みつぶされて泥まみれになった風車が、お俊の脳裏に取り憑いて離れなかった。

この間、来たときにはまだ風車の形だけは残っていた。それが、よくみなければわからないほど、壊れていた。そんな風車に気づいた瞬間、お俊はみょうに不安な気持ちにとらわれていた。なぜ、そんな気分になったのか、お俊には、わからなかった。

どうして、こんな気持ちになったんだろう。考えながら歩いているうちに、お俊は、いつのまにか、富岡八幡宮の境内にある三基の燈籠の前に立っていた。

真ん中の燈籠を見つめて、ぼんやりと立ち尽くしている。

走馬燈のように、与吉に恋心を燃やしつづけた日々が甦ってきた。

不安が次第に膨らんでいく。

おもわずお俊は、真ん中の燈籠に駆け寄っていた。

燈籠に手を触れる。

「信じて、信じていいんだよね、与吉さん」

口をついて出たことばにお俊は、驚かされていた。あたしは、あたしは与吉さんのことを本気で信じていないのだ。それなのに前原さんまで巻き込んで。なんてことをしちまったんだ。どうしたらいいんだろう。胸中で呻いたお俊の脳裏いっぱいに、元の形もわからないほど踏みつぶされ、ひしゃげて泥まみれになった風車が一気に広がっていった。

燈籠に額を擦りつけてお俊が喘いだ。

「お願いだよ、与吉さん。あたしに、あたしに、与吉さんのことを信じさせておくれな。信じたいんだ。お願いだよ」

参詣客が、そんなお俊を見やって通りすぎていく。

が、お俊には、まわりの、一切の風景が目に入らなかった。ただ風車だけが、見えている。

縋りついているかのように燈籠に額を擦りつけたまま、お俊はその場に立ちつづけていた。

五章　狂言綺語《きようげんきご》

一

門番のひとりとともに五つ半（午前九時）前に深川大番屋を出た錬蔵は、盗人一味に斬殺された小者たちの墓に詣でた。

小者たちは海辺大工町にある本誓《ほんせい》寺に葬ってあった。斜め前に霊巖《れいがん》寺の巨大な伽藍《がらん》が、威容を誇って聳《そび》え立っている。この日も、朝からよく晴れ渡り、まばゆいばかりの陽差しが、町行く人を容赦なく照りつけていた。なかには懐から手拭いをとりだし、汗を拭っている者もいる。このところ残暑の厳しい日がつづいていた。

本誓寺の門前で門番と別れた錬蔵は、南一の組から五の組まで火消しの組々を訪ねて歩いた。昨夜から始めてもらった夜廻りの様子を知るための動きであった。

南の組々の火消したちに夜廻りをしてくれるよう頼んだのは錬蔵である。様子を聞きに足を運ぶのは当然のことだと錬蔵は考えていた。

南一の組で、今夜の夜廻りに付きあうと約束した錬蔵は、そのまま二の組、三の組へと足を向けた。三の組では、頭の竹造と矢吉が錬蔵を奥の間に招じ入れ、聞き込んだ町の噂を話してくれた。南の各組にも、できうるかぎり持ち場の町内の噂を聞き込んでくれ、と頼んである。

一の組、二の組で聞き込んだかぎりでは、とりたてて興味を引く噂話はなかったが、三の組で、矢吉が船宿の船頭から聞き込んできた噂に、錬蔵は引っ掛かるものを感じた。

砂村新田にある無宿人の集落近くの岸辺に、二艘の小舟が泊まっていたことがある。これまで二度ほど見かけたが、生い茂る葭のなかに舟を乗り入れ、まるで停泊しているのを隠そうとしているかのようにおもえる。四日ほどつづけて見かけたかとおもうと、しばらく見かけない。この間は、大野屋が盗人に押し込まれた日の前日から翌々日にかけて、四日ほど泊まっていた。ただそれだけのなかみなのだが、錬蔵は、大野屋が襲われた夜をはさんで前後四日、という日数が気にかかったのだった。

南三の組の聞き込みを終えた錬蔵は南四の組へ向かう道すがら、船宿の船頭が矢吉に話してくれた二艘の舟について思案しつづけた。

大野屋に押し込む前日に深川に入り、支度をととのえて翌日の夜、押し込む。さらに次の夜には、大野屋で張り番をする八木たちを襲い、夜が明けるまで深川のどこかで時を過ごし、舟二艘に分乗して深川から出ていく。

深読み過ぎるかもしれぬが、錬蔵は船頭がその前に舟を見かけた四日のうち、二晩は下り塩仲買問屋〈宮戸屋〉、薬種問屋〈井桁屋〉へ盗人一味が押し入った日が含まれているのではないか、と推測した。

どこから盗人一味は深川にやってくるのか、錬蔵は考えつづけた。

小名木川と中川が合するところには御番所があり、中川御番所、あるいは川口の御番所と呼ばれている。東西二十六間、南北十七間余の敷地を有する御番所には、つねに旗本三人が詰め、江戸の海手、とくに安房《あわ》、上総《かずさ》、下総《しもうさ》へ往来する船の監視にあたった。船の出入りは明六つ（午前六時）から暮六つ（午後六時）までの間にかぎられている。

おそらく盗人一味は二艘の舟に分乗して深川に乗り込んで来たのだろう。中川御番所の監視の目をかいくぐって出入りしているのは、まず間違いない。だから盗みに押し込む日以外に前後一日ずつ、余分な日数がかかっているのだ。錬蔵は、そう推測した。

明日にでも中川御番所に出向いて、舟の出入りを記した帳面を調べねばなるまい。

誰を中川御番所に行かせようか、と考えた錬蔵は、いま動かせるのは安次郎と前原しかいないことに気づいた。

しかし、町人の安次郎と浪人としか見えぬ、下っ引きの身分でしかない前原では微禄の者とはいえ、旗本に列する中川御番所衆が、まともに相談にのってくれるとはおもえなかった。

おれが行くしかないか。とにかく人手が足りぬ。これでは神出鬼没の盗人一味の捕縛など、とてものぞめぬ。後追いするのが精一杯の有り様だ。おもわず錬蔵は苦い笑いを浮かべていた。

大野屋の警固をしている同心のうち、ひとりでも動かせる手立てはないものか。思案しながら錬蔵は、南四の組の聞き込みを終え、南五の組へ向かう道すがら、ひとつの策にたどりついた。河水の藤右衛門の力を借りるしかない。それが、いま錬蔵が考え得る唯一無二の手立てだった。

南五の組では、手がかりになりそうな話はひとつもなかった。手短に話を切り上げた錬蔵は河水楼へ向かった。

すでに八つ（午後二時）はとうに過ぎていた。途中、通りがかりの蕎麦屋に立ち寄り、遅い昼餉の、蒸籠《せいろ》蕎麦を一枚かき込んだ錬蔵は蕎麦代を台盤に置き、慌ただしく店を出た。

無意識のうちに早足になっていた。茶屋を何軒もやっている藤右衛門は、すでに忙しい刻限にさしかかっている。

これから話し合いを持つのは藤右衛門にとってみれば、迷惑以外の何ものでもないだろう。が、いまのおれには、そんなことを斟酌《しんしゃく》している余裕はない。何がなんでも今日のうちに藤右衛門の色よい返事をもらわねばならぬ。そう腹をくりながら錬蔵は、さらに足を速めた。

河水楼に錬蔵が足を踏み入れると、帳場机の前に坐った藤右衛門がむずかしい顔をして大福帳をめくっていた。

歩み寄った錬蔵の気配に気づいたのか、藤右衛門が顔を上げた。

「これは大滝さま」

大福帳を閉じて立ち上がった藤右衛門が、

「まずはこちらへ」

浅く腰を屈めて帳場の奥の座敷を指し示した。

上座に座した錬蔵と向かい合って坐った藤右衛門が、笑みをたたえて話しかけた。

「お紋が心配しておりました。南三の組の火消したちとともに、大滝さまが夜廻りをしてしおられた。いつになく険しい眼差しだったので声をかけそびれてしまったが、かなり無理をなさっておられるのではないかと、それはそれは、わがことのような心配ぶりでございましたよ」

苦笑いして錬蔵が応じた。

「顔におのれが置かれている有り様が出るようでは、まだまだ修行が足りぬということだな。向後は、気をつけねばならぬ」

「お紋だからわかったのでございますよ。何しろお紋は、大滝さまのことは、すべて知りたいと願っている女ですからね」

「それにしても、まだまだ未熟だ」

神妙な顔つきで錬蔵が応じた。

「これは、いつもの大滝さまらしくない歯切れの悪い物言いで」

笑った藤右衛門が、ことばの調子を変えて、

「突然のお運び、急ぎの用でございますか」

「藤右衛門にも、こころを見透かされてしまったな。実は、頼みがあってきたのだ」

「頼みとは」

「人手が足りぬのだ。政吉、富造たち合わせて十人ほど、助っ人として大番屋に貸し

てくれぬか」

「十人とは、かなりの人数でございますな」

「できれば明日の朝から働いてもらいたい」

「助っ人の仕事のなかみは」

「大野屋の張り番だ。朝の五つ（午前八時）から夜の五つ（午後八時）まで詰めてもらうことになる」

「大野屋に蔵された水油を持ち出させぬための見張りですね」

「実は、大野屋に盗人一味が押し込んだ日の翌日深更、盗人たちが大野屋の裏口で張り番をしている八木たちを襲ったのだ。小者ふたりが斬り殺された」

「小者ふたりが斬られた。八木さんは何をしておられたのですか」

「腕の立つ盗人と斬り合っていて、あわや斬られるところだったそうだ。前原が、駆けつけ、八木の窮地を救った」

「危ない役目ですな」

「危ない役目だ。できれば腕の立つ男衆を出してもらえるとありがたい」

「政吉、富造を含めて十人、大滝さまにお貸ししましょう。ただし」

「ただし」

鸚鵡《おうむ》返しした錬蔵に、

「貸し出す人手は十人まで。それ以上はお貸しできませぬ」

表情ひとつ変えずに藤右衛門が応じ、さらにことばを重ねた。

「大滝さまのお話から推しはかって、盗人一味はかなりの剣の使い手ぞろい。わたしのやっている見世に押し込まれたときに備えて、腕の立つ男衆を各見世に貼りつかせなければなりませぬ」

「わかった。助っ人は十人。それ以上、助っ人を貸してくれ、とはいわぬ」

「話は決まりましたな。段取りを話し合わねばなりませぬな。政吉と富造を呼びましょう」

戸襖に向けて躰を捻り藤右衛門が数度、手を叩いた。

ほんのわずかの間があった。

戸襖の向こうで歩み寄る足音がして、声が上がった。

「政吉です」

おそらく近くで控えていたのだろう。藤右衛門が声をかけた。

「富造はどこにいる」

「裏手で下働きの爺さんの薪割りの手伝いをしておりやす」

「つれてきてくれ。ふたりに大滝さまから話がある。当分の間、大滝さまの指図にしたがって動くのだ」

「わかりやした。すぐ富造を呼んでまいります」

立ち上がる気配がした。

ほどなくして入り乱れた足音が近づいてきた。

戸襖の前で足音が消え、声がかかった。

「入らせていただきやす」

「入れ。大滝さまがお待ちかねだ」

その声に呼応するかのように戸襖が開けられた。

挨拶のつもりか鍬蔵に、ぺこり、と頭を下げて政吉と富造が座敷に入ってきた。藤右衛門の後ろにならんで坐る。

振り向くことなく藤右衛門が告げた。

「ふたりの他に八人、合わせて十人ほど大滝さまにお貸しすることにした。鞘番所の助っ人になるのだ。河水の藤右衛門のところの男衆は役立たず揃いだ、などといわれないように心して働いてくれ」

「まかしといておくんなさい」

「お役に立ってみせまさあ」

ほとんど同時に政吉と富造が声を上げた。

ふたりを錬蔵が見やった。

「他の八人を誰にするかは、藤右衛門と相談して決めてくれ。助っ人をしてほしいのは大野屋の張り番だ。朝五つから夜五つまで、裏口を見張ってもらう。表は松倉と下っ引き、大番屋の小者たちが張り番をする。大野屋に蔵されている水油を持ち出させないための見張りだ」

「盗人一味が水油を盗みだそうと押し込んで来るかもしれやせんね、見張るときは長脇差を帯びていたほうがいいんじゃねえかとおもいやすが」

訊いてきた政吉に藤右衛門が即座に応えた。

「そうしろ。無腰じゃ犬死にするだけだ」

間を置かずに錬蔵が声をかけた。

「そうしてくれ。刃物三昧《ざんまい》の修羅場もあるかもしれぬ」

「わかりやした。で、張り番をするのはいつからで」

問いかけた政吉に錬蔵が応じた。

「明日からだ。これから張り番の手筈を決めに大野屋へ向かう」

「出かける支度をととのえてきやす」

「あっしも、そうしやす」

相次いで政吉と富造が立ち上がった。


半刻（一時間）後、錬蔵は長脇差を腰に帯びた政吉や富造とともに大野屋の裏口の前にいた。張り番をしている松倉と警固の段取りを話し合っている。

口をはさむことなく錬蔵の話に聞き入っていた松倉が問いかけた。

「明日からは私が昼の張り番の指図をする。表口と裏口を行ったり来たりして見張る。そういうことですね」

「そうだ。松倉がいないときに指図する表の張り番の頭は下っ引きから選べ。裏の指図は政吉と富造のふたりにまかせると決めている。異論はないな」

「御支配の下知にしたがいます。小幡は、どうなるのですか」

「見廻りが手薄になっている。小幡には朝から晩まで、自分の持ち場も含めて四人分、走りまわってもらうつもりだ」

「それは大変だ。四人分の持ち場を見廻るとなると一休みする間もありません。若い小幡でなければ、とてもつとまりませせぬな」

溜息まじりに松倉が応えた。

振り向いて錬蔵が告げた。

「政吉、富造、松倉と話し合って務めのなかみを細かく割り振るのだ。おれは小幡のところへまわる」

「わかりやした」

うなずいた政吉が顔を向けて、

「松倉の旦那、よろしくお引き回しのほどを」

「よろしくお願いいたしやす」

ことばを継いだ富造ともども深々と頭を下げた。

表口を警固する小幡は錬蔵から、

「明日から日々、おれの指図にしたがい探索に励むのだ」

と、告げられ顔をほころばせた。

「どうも私は警固には向いていないようです。長い間、動かずにいると、躰がむずむずしてきて大声を上げて走り出したくなる。そろそろ限界にさしかかったようで、苛立ち始めていたところでした」

「五つに溝口と交代するまで苛立ちを抑え込むことだな」

「今日で最後だとおもうと、逆にやる気が出てきました。立派に務め上げます」

「頼りにしているぞ。明日から、動き回らねばならぬ。大番屋へもどったら早く眠ることだ。休めるときに休んでおかないと躰がもたぬ」

「そうします。御支配は、これからどうなされます」

「南一の組の夜廻りにつきあうことになっている。大番屋にもどるのは深更になるだろう。明朝、五つ過ぎに用部屋へ来てくれ。おれがいなかったら、用部屋に入って待っていてくれ。明日やってもらう探索を下知する」

「承知しました」

強く唇を結んで小幡が顎を引いた。

二

日輪が空を茜《あかね》色に染め上げ、藍色の山陰に、その姿をなかほどまで沈めている。

足を止めた安次郎が、懐から手拭いを取りだし顔の汗を拭った。

吹く風が、みょうに生暖かい。

明日は雨になるかもしれねえ。空を見上げて安次郎は、そう推測した。鞘番所を出てから三人の男芸者の住まいを訪ねて聞き込みをかけた。

ふたりめの男芸者を訪ねた安次郎は、

「この二ヶ月の間に、派手に金を使って茶屋遊びをつづけた余所者を知らねえかい」

と問いかけた。

五十がらみの男芸者は遠くを見るような目つきになり、

「いたな。京の都は伏見《ふしみ》の色里、撞木町《しゆもくちよう》の町役《ちようやく》の升兵衛《しようべえ》というお大尽が、河水楼や泉屋など深川のめぼしい茶屋に泊まり歩いて、連夜、数人の芸者衆を上げて派手に騒いでいなすった。一ヶ月ほど深川で遊び回って伏見にお帰りになったが、あの旦那は、上方者には珍しく金離れのいい、さっぱりした気性のお人だったぜ。かれこれ」

指を折って男芸者が数えた。

「いけねえ。二ヶ月ぐらい前のことかとおもったが、もう五ヶ月も過ぎてらあ。どうも、最近、物忘れがひどくていけねえ。この話、忘れてくんな」

いうなり、照れ隠しか、自分の額を、平手で軽くはたいた。

「五ヶ月前のことじゃ、話の種にもならねえや。ぼけが始まるには、少し早すぎるんじゃねえのかい、年の頃がよ」

「ご勘弁、平に御容赦の口でござい」

おどけた口調で男芸者がわざとらしく頭を下げたものだった。

盗人一味とは何のかかわりもない話だったが、安次郎の脳裏から離れなかった。

京の都、伏見の撞木町の町役が一ヶ月の長きにわたって深川に逗留し、連夜、茶屋遊びをしつづけたことが、どうにも引っ掛かるのだ。撞木町は色里である。その色里を仕切る立場にある町役が、ほぼ一ヶ月かけて京と江戸を往き来し、深川に一ヶ月の、合わせて二ヶ月の間、撞木町を留守にする。

升兵衛がいなくとも、しっかりと商いをやりくりしてくれる信用できる片腕がいるのだろうが、留守をしている間のことが心配にならないのだろうか。安次郎は首を傾げた。

撞木町の升兵衛は何のために江戸に来たのか。江戸のあちこちを見物して歩こうともせずに、深川だけに居つづけている。

なんで、こんなに気になるんだろう。盗人一味とは何のかかわりもねえことなのに。安次郎は、おもわず苦笑いを浮かべていた。

「なんだよ、手拭いを手にしたまま、ぼんやり突っ立っててさあ。よっぽど暇なんだね」

後ろから女の声がかかった。

振り向くと、座敷へ向かうところなのか、しっかり化粧をして、着飾ったお紋が笑みをたたえて立っている。

「ずいぶん早い出だな。しょっちゅう板頭を張っている売れっ子のお紋姐さんの身分なら、いつもは暮六つ半（午後七時）過ぎが口開けのお座敷といったところだろう」

「贔屓《ひいき》筋の大店の旦那が早々と戸田屋へおいでになったのさ。それで急ぎの呼び出しがかかって、化粧もほどほどに出かけてきたってわけさ」

「ほどほどにはみえねえよ。ろくに化粧してなくても、お紋は、いつみても、いい女だよ」

「ありがとうよ。あたしだって女だからね。世辞でも、いつみても、いい女だといってもらえると嬉しいもんだよ。もっとも、いってくれる相手が安次郎さんじゃなくて大滝の旦那だったら、なお嬉しいんだけどねえ」

「まったく口の減らねえ女だぜ。お紋、これだけはいっとくぜ。おめえは黙ってたほうが、ずんといい女だぜ」

「毒舌で鳴らした男芸者、竹屋の五調の物言いが残ってるじゃないか。その調子なら、まだお座敷がつとまりそうだよ」

「つまらねえことをいいやがって。おれは、いま、くだらねえ戯《ざ》れ言に付きあっている暇はねえんだよ」

「そのことなんだよ、訊きたいのは。大滝の旦那、ずいぶん無理をなさっているんじゃないのかね。この間、南三の組の火消したちと夜廻りなさっているところに偶然、でくわしてね。険しい顔をしていなすったんで声をかけそびれたんだけど。大丈夫かね、旦那」

「心配なら、顔を出して様子を自分の目でたしかめたらいいだろう」

「火消したちの手を借りるほどの忙しさだ。鞘番所じゃ、小者たちまで出払っているんじゃないのかい。そんな気がするんだよ」

「ご明察、お紋のいうとおりだよ。鞘番所に残っているのは門番たちだけといった有り様さ」

「そんなところへ、あたしがのこのこ顔を出せるはずがないじゃないか。邪魔にされるだけだよ」

「そりゃそうだ。猫の手も借りたかったのか、旦那は、前原さんの口添えがあったせいか、お俊の知り合いの、掏摸の足を洗ったといっている男を日傭扱いで雇い入れることにしたほどだ」

「お俊さんの知り合いの掏摸だった男を。信用できるのかね、その男」

「おれには、多少の不安があるのさ。お俊のやつ、どんなしがらみがあるかは知らないが余計なことをしたものさ」

「お俊さん、なんで、そんな足を洗ったとはいえ、昔の掏摸仲間を鞘番所に引き入れようとおもったのかね。いつものお俊さんらしくないねえ」

首を傾げたお紋が、何かをおもい出したのか、小さくうなずいて、ことばを重ねた。

「そういえば、この間、お俊さんをみかけたよ。昼間からお座敷がかかってね、贔屓筋の旦那や妹分の芸者たちと一緒に舟遊びを兼ねて元八幡宮へお参りに行ったのさ。元八幡宮の鳥居をくぐろうとしたとき、お俊さんが砂村新田の田畑を切って曲がりくねった道を中川口のほうへ歩いていったんだよ。脇目も振らずに行っていたから、ありゃあ、きっと行く先が決まってたんだね。そういう歩き方だったよ」

「お俊が、元八幡宮近くの道を中川口へ向かって歩いていたというのかい。いつのことだい」

「たしか、流鏑馬の日から三、四日、後のことだったとおもうけどねえ」

「何だって、流鏑馬の日から後だというのか。間違いねえな」

「三日後だったか四日後だったか、そこらへんは、はっきりしないけど、流鏑馬の日より後だったことはたしかだよ」

「隠しているつもりじゃねえんだろうが、こいつはお俊にたしかめてみなきゃなるめえ。いいことを聞かせてもらった、ありがとうよ」

不安げな様子でお紋がいった。

「どうやらあたしゃ余計なことをいっちまったようだね。安次郎さん、お願いだよ。お俊さんをとっちめるなんてこと、やらないでおくれよ」

「心配はいらねえ。そんなこたあ、しねえよ。お俊とおれは、鞘番所のなかで毎日、面突きあわせている仲だぜ。気まずくなるようなことはしねえさ」

「なら、いいけどさ」

「これから一度、鞘番所にもどって、徹夜の張り込みの身支度をととのえて、すぐ出かけなきゃいけねえ。これで、別れるぜ」

「いけない。あたしもお座敷に急がなきゃ。遅れてしまうよ」

小さく頭を下げてお紋が歩きだした。

背中を向けた安次郎がお紋とは逆のほうへ足を踏み出した。

鞘番所へもどった安次郎は前原の長屋へ向かった。

前原の長屋の前の物干し場で、お俊が物干し竿にさしていた乾いた洗い物をはずしている。陽が沈んだばかりとはいえ、安次郎には、洗い物を片付けるには刻限が遅すぎるような気がした。

歩み寄った安次郎が声をかけた。

「せっかく乾いたのに洗い物がしけっちまうぜ。どこかへ出かけていたのかい」

「ぼんやりしててね。片付けるのが遅れたんだよ」

「話があるんだ。手がすくまで、待ってるぜ」

「佐知ちゃんたちの夕飯の支度をしなきゃならない。話は手短に頼むよ」

乾いた洗い物を両手でかかえて長屋のなかへ入っていったお俊が、すぐに出てきて安次郎に近寄ってきた。

「何だい、話って」

「流鏑馬の日から三、四日後のことだ。お俊、おめえ、砂村新田へ出かけなかったかい」

「行かないよ」

疑いの眼で安次郎がお俊を見据えた。

「何で隠すんだ。おめえが脇目も振らずに砂村新田の道を中川口に向かって歩いていく姿を見た者がいるんだぜ」

「それは……」

うつむいてお俊が下唇を強く噛んだ。

「嘘をついちゃいけねえぜ。贔屓筋につれられて元八幡宮へ参詣に行ったお紋が見かけているんだ」

「お紋さんが」

「何の用で行ったんだ。砂村新田の元八幡宮から中川口へ向かう途中には空き地が広がっている。そんな空き地の数ヶ所に無宿人の集落がある。まさか、おめえ、与吉とやらに会いに行ったんじゃあるめえな」

「疑ってるのかい」

うつむいたまま、お俊が訊き返した。ことばに力がなかった。

嘘をついている。安次郎は、そう感じた。

「もう一度、訊く。砂村新田に何か用があったのか」

「用はないよ。無性に中川口の景色を見たくなって、出かけただけさ」

「ほんとうだな、与吉がどこに住んでいるかは知らなかったんだな」

顔を背けてお俊が声を荒らげた。

「知らないよ。何を疑ってるんだよ。あたしゃ、安次郎さんに疑われるようなことは何もしてないよ」

「お俊、与吉は、おめえが鞘番所に住んでいると誰から聞いたんだ」

「久助さんだよ」

「久助？　昔の掏摸仲間か」

「いまでも、掏摸をやっている、小汚い野郎さ」

「そうかい、与吉は久助という奴から聞いたのかい」

「与吉さんは、そういっていたよ」

顔を見つめて、ことばを重ねた。

「もう、いいだろう、安次郎さん。子供たちの夕飯の支度にかかりたいんだよ」

「手間をとらせたな」

「それじゃ、長屋にもどるよ」

いうなり、お俊が背中を向けた。

長屋にお俊が入っていく。その後ろ姿を安次郎は凝然と見据えていた。

間違いなくお俊は嘘をついている。こころの声が安次郎に告げていた。

一日も早く久助を探しだし、与吉のことを聞き込まなきゃなるめえ。そう決めた安次郎は、長脇差をとりに錬蔵の長屋へ足を向けた。

三

大野屋の裏口が見える隅田川沿いの堤に安次郎は身を潜めていた。生い茂る草に横たわって星空を眺めている。

裏口のまわりは八木周助、八木の下っ引き、小者たちで固められている。盗人一味に襲われたときの恐怖が、まだ脳裏に強く焼きついているのか、八木たちには異常なほどの緊張がみえた。欠伸《あくび》をするものがひとりもいない。眼を大きく見開いて、周囲に警戒の視線を走らせている。安次郎が大野屋の裏手に着いたのは九つ（午前零時）過ぎであった。

盗人一味が襲撃してきたとき、すぐに助けに走ることができるあたりの堤に身を隠して、安次郎は八木たちを見張りつづけた。

半刻（一時間）ほど、安次郎は八木たちを見つづけていた。身を伏せて草の間から眼を光らせているうちに、おもいついたことがあった。

襲われたら八木たちが騒ぎ立てるだろう。その声を聞いたら飛び起きて、斬り合いに加われればいいじゃないか。安次郎はそのことに気がついたのだった。

それ以来、堤の草を寝床がわりに横たわっている。

眠気が襲ってきて、うとうとしかけると安次郎のまわりを蚊が飛びかって、振り払わないと刺されそうになる。そんな蚊のおかげで、安次郎は眠らずにすんだ。

しらしらと夜の月影がしらけ、朝日が昇り始めた頃、安次郎は、八木たちに気づかれないように身を低くして堤から離れた。

これから次第に明るくなっていく。もう盗人一味の襲撃はあるまい、と判断してのことであった。

大番屋にもどった安次郎は、寝ずの番の門番に声をかけ、門番所の片隅で仮眠をとった。錬蔵は、まだ寝入っている刻限である。昨夜も錬蔵は火消したちとともに夜廻りをしている。多忙な錬蔵の、わずかな眠りを妨げたくない。そう考えて安次郎は、門番所にとどまったのだった。

明六つ（午前六時）過ぎに眼をさました安次郎は錬蔵の長屋へもどった。すでに錬蔵は床から起きだし、よほどのことがないかぎり日々行っている、木刀の打ち振りなどの剣の鍛錬に励んでいるはずであった。

表戸を開けて入っていくと、庭のほうから木刀を打ち振る風切り音が聞こえてくる。

長脇差を自分の部屋の押し入れに押し込んだ安次郎は、板敷の間へ出て土間に降りた。

台所に立った安次郎は、火種を残しておいた七輪に炭を足して火を熾《おこ》した。水甕《みずがめ》から水をすくい土瓶に注ぎいれて七輪にかける。

昨夜、出かける前に朝餉のために握り飯を四個、つくってあった。剣の鍛錬を終えて引き上げてくる錬蔵のために、せめて温かい茶でも用意しておいてやろう。そう考えての安次郎の動きだった。

小半刻（三十分）もしないうちに錬蔵が汗を拭きながら裏口の板戸を開けて入ってきた。

「湯を沸かしておきやした。茶をいれやしょう」

声をかけてきた安次郎に錬蔵が応じた。

「何事もなかったようだな」

「半刻（一時間）ほど前に引き上げてきやした。門番所で少し眠ったんで、もう眠くはありません。五つ（午前八時）前には与吉が顔を出すと前原さんから聞いていたんで、どんな野郎か近くで見たくて、早めにもどってきやした」

「藤右衛門に頼んで政吉や富造たち、合わせて十人の男衆を助っ人に出してもらうことになった。今日から小幡が大野屋の張り番からはずれて、探索の務めにもどる。大野屋の表口を松倉の下っ引きや小者たち、裏口を政吉や富造たちなど藤右衛門のところの男衆に張り番をしてもらい、表と裏の束ね役を松倉にまかせることにした」

「探索の腕は、若いが小幡さんのほうが松倉さんよりはるかに上ですからね。あっしも、小幡さんは探索で動かしたほうがいいとおもいやす」

「着替えてくる。茶をいれといてくれ」

「わかりやした。朝餉の塩むすび、熱い茶をすすりながら、じっくりと味わいやしょう」

微笑みで応えて、錬蔵が板敷の間の上がり端に足をかけた。

五つ（午前八時）前に与吉は大番屋へやってきた。あらかじめ錬蔵は門番に、与吉が顔を出したら門番所で待たせるよう言いおいてある。門番が錬蔵を呼びに行く前に、門番所に錬蔵と安次郎、前原とお俊がつれだってやってきた。

門番所の表戸を開けて入ってきた四人に気づいて与吉が立ち上がり、深々と頭を下げた。

顔を上げて、声をかける。

「お俊さん、面倒かけてすまねえ」

「しっかり勤めておくれよ、与吉さん。ここにいらっしゃる前原さんが口添えしてくださったんだ。迷惑をかけないようにしておくれな」

手でお俊が前原を指し示した。

「まことにありがたいことで。前原さんには、大変、お世話になりやして、ありがとうございます」

深々と与吉が頭を下げた。

「しっかり働いてくれ」

笑みをたたえて前原がいった。

さらにお俊が錬蔵に顔を向けて、与吉を振り返った。

「この方が深川大番屋支配の大滝錬蔵さまだよ」

「よろしくお願いいたしやす」

腰を折って与吉が、さらに深々と頭《こうべ》を垂れた。

「大滝だ。門番たちの指図にしたがって、しっかり働いてくれ。当分は日傭の扱いだが、働き次第でいろいろと考えよう」

「ありがとうございやす」

横から安次郎が声をかけた。

「安次郎だ。よろしくな」

「よろしくお引き回しのほどを」

腰を屈めて与吉が愛想笑いをした。

そんな与吉を安次郎が険しい眼で見つめている。

「前原、安次郎。小幡が用部屋で待っている。向後の探索の段取りを話し合いたい。行くぞ」

声をかけてきた錬蔵に前原と安次郎が無言でうなずいた。

ちらりと与吉を見やって、錬蔵がいった。

「今日から働いてくれ。向後は五つまでに大番屋に入り、暮六つ（午後六時）になったら帰っていいぞ」

「わかりやした」

応えて与吉が大きくうなずいた。

微笑んだ錬蔵が背中を向け、歩きだした。前原と安次郎がつづいた。

肩をならべて見送ったお俊に、与吉が小声で問いかけた。

「小幡という名が御支配さまの口から出たが、どういうお方なんだい」

「小幡さんは、鞘番所詰めの同心のなかのおひとりさ」

「同心のみなさんは、出払っていらっしゃるんじゃないのかい」

「わけは知らないけど、今日は大番屋にいらっしゃるよ。大滝の旦那、いえ、御支配さまのさっきの口振りじゃ、どうやら探索に加わられるみたいだね」

「そうかい。探索にねえ」

じっと遠ざかっていく錬蔵たちを見やっている与吉に、お俊が声をかけた。

「何ぼやぼやしてるんだい。与吉さん、働きにきたんだろう。門番衆の指図を仰いで、早く働きな。いいね、骨身を惜しまず働くんだよ、わかったね」

「わかってるよ。ぽんぽんいうとこは、まったく変わってねえなあ、お俊さんは」

「前よりきついかもしれないよ。なにせ口添えしてくれた前原さんの面子《めんつ》までかかってるからね。さぼったら、ただじゃおかないよ」

睨《にら》みつけたお俊に首をすくめた与吉が、

「お～怖《こわ》、ちゃんと働きますよ。そう睨まないでおくれな。すぐ門番所へ顔を出すからさ。じゃ、後でな」

くだけた口調でいい、背中を丸めた与吉が門番所へ小走りに向かった。

「何が後でな、だよ。軽口なんか叩いてさあ、与吉さん、少しは元気が出てきたようだね」

微笑んで歩きかけたお俊の足が止まった。

「与吉さん、同心のみなさんは、出払っていらっしゃるんじゃないのかい、といってたね。どうして与吉さん、同心の旦那方が出かけているのを知っていたんだろう」

首を捻ったお俊が訝しげな面持ちで与吉を振り向いた。

すでに与吉の姿はなかった。おそらくなかに入ったのだろう、門番所の表戸は固く閉ざされていた。

そんな門番所の表戸を、お俊が凝然と見つめている。

やがて……。

大きな溜息をついたお俊が門番所から目をそらし、ゆっくりと足を踏み出した。

用部屋では、錬蔵と向かい合って小幡が、その斜め後ろに前原が座していた。安次郎は、いつものように戸襖の前に控えている。

「南三の組の矢吉という火消しが砂村新田にある無宿人の集落近くの岸辺に二艘の舟が泊まっている、という噂を聞き込んできた。この舟はいままで二度、見かけられている。気になるのは、この舟が停泊していた日々だ。そのうちの一度は盗人一味が御店に押し込んだ日が含まれている」

身を乗りだして小幡が問いかけた。

「残る一度も重なるのではないか。御支配は、そう見立てていられるのですか」

「そうだ」

錬蔵の応えに一同が息を呑んだ。

ややあって、前原がつぶやいた。

「二度も重なったら、たんなる巡り合わせとはいいきれませぬな」

眼を前原に向け錬蔵がいった。

「おれも、そうおもう。盗人一味は根城を中川沿いのどこかに置いているのではないか、そんな気がするのだ」

「盗人一味は押し込むときにだけ深川にやってくる。そういうことですか」

問うた小幡に錬蔵が応じた。

「おれは、そう推測している。中川から小名木川に入ってくるには中川口にある船番所、中川御番所の前を通らねばならぬ。たとえば行徳あたりの旅籠の鑑札があれば、鑑札を見せるだけで中川御番所の監視の眼をくぐり抜け、いとも簡単に深川に入ることができる」

「中川御番所は江戸湾から中川、小名木川に入ってくる舟の監視が役目。が、鑑札さえみせれば、ろくな調べもせずに舟を小名木川、中川に入れると聞いています。こんなことをいうと悪口に聞こえますが、中川御番所に詰める御番衆はやる気のない者ばかり、という噂があちこちから聞こえてきます」

苦い顔つきで小幡が吐き捨てた。

「そんな中川御番所でも調べ書は残してあるだろう。小幡は、まず中川御番所へ出向き、小名木川に出入りした舟の覚書をあらためさせてもらい、宮戸屋、井桁屋、大野屋が盗人に押し込まれた日の前後に深川に入ってきて、出ていった舟があるかどうか調べるのだ」

「承知しました」

やりとりを無言で聞きながら、しきりに首を傾げていた安次郎が声を上げた。

「こいつあ、とんでもないしくじりをやらかしたかもしれない」

「どうした、安次郎」

問いかけた錬蔵に安次郎が一膝すすめていった。

「実は、政吉から聞いた噂話なんですが、かかわりねえとおもって聞き流していたんでさ」

「どんな噂だ」

「働かせてくれ、と熱心に通ってきた無宿人たちに同情したのか、大工の棟梁が日傭として使った。真面目で陰日向《かげひなた》なく働くんで、次にまかされた普請場でも働いてくれ、といったそうで。無宿人たちは大喜びで帰って行った。そんな無宿人たちが、ある日突然、普請場に顔を出さなくなった。あんなに喜んで働いていた無宿人たちが、急に来なくなったわけがどうにもわからない、とその棟梁は、いまでも首を傾げているという話でして」

「無宿人たちが普請場に来なくなったのは、いつ頃だ」

「二ヶ月ほど前のことだと政吉がいっておりやした」

「その大工の棟梁の名と働いていた無宿人たちが住んでいた集落の場所を聞いたか」

「それが、あっしの大しくじりで。盗人騒ぎにはかかわりがないとおもって、聞き出さなかったんで」

うむ、と錬蔵が首を傾げた。

顔を上げて安次郎に告げた。

「今日にでも政吉を訪ねて、大工の棟梁の名と所在、姿を消した無宿人たちの集落がどこか聞き込むのだ。政吉は、大野屋の裏口で張り番をしている」

「わかりやした。すぐ出かけやす」

腰を浮かした安次郎につづいて、

「私も、中川御番所へ出向きます」

脇に置いた大刀に小幡が手をのばした。

立ち上がって戸襖を開け、用部屋から小幡と安次郎が出ていった。

残った前原が錬蔵に声をかけた。

「徹夜あけの安次郎も働いております。私ひとりが休むわけにはいきませぬ。聞き込みにやくざ一家をまわってみようとおもいます」

「今夜は徹夜になる。昼までおれの長屋で休め。その後は、与吉の様子でもそれとなくうかがっていてくれ」

「与吉に何か不審なことでもあるのですか」

「安次郎が、流鏑馬の日、掏摸騒ぎがあったときに与吉を見かけた覚えがあるというのだ。お俊が急ぎの用をおもいだして、佐知と俊作を安次郎に預けて、どこかへ出かけていったのは与吉の後を追ったのではないか、と考えている」

「掏摸騒ぎのさなか、人混みのなかで与吉を見かけたお俊は、銭入れを掏ったのは与吉に違いない、と見込みをつけ、後を追った。つかまえて追及し、掏った銭入れを取り上げて、拾ったといって届け出た。安次郎は、そう推測しているのですね」

「安次郎にも確たる証があるわけではない。お俊も堅気になるつもりでいる与吉が銭入れを掏ったのは、日傭の仕事にもありつけない苦しさから、つい出来心でやってしまったことと、と判断したからこそ、拾った、といって届け出たのだろう。大番屋の誰かに渡せば、銭入れは持ち主のもとにもどるはずだとふんでいたに違いない」

「おそらくお俊は与吉から、どこに住んでいるかを教えられていて、銭入れが持ち主の手にもどったことをつたえにいったのでしょう」

「お俊は、優しい上に、みょうに義理堅いところのある女だ。昔の掏摸仲間を安堵させてやろうとの心づかいでやったことだろうよ」

「たしかに。子供たちのことでは、お俊にひとかたならぬ世話をかけ、どうすれば恩に報いることができるか、とつねづね、そのことばかり考えております」

「たぶん与吉は、お俊に仕事を世話してくれ、と頼み込んだのだろう。大番屋の忙しい有り様を知るお俊は、そのことをいいだせなかった」

「先日、与吉が大番屋にお俊を訪ねてきて、小名木川沿いで何やら話をしていました。そのときのお俊は、遠目でみても困惑していた様子におもえました。それで、聞き込みから長屋に帰って、私から、悩み事でもあるのではないか、と訊きました」

「頼んだ仕事のことでお俊が動きそうにないとふんだ与吉が、大番屋に押しかけてきたのかもしれぬな。もっとも、仕事欲しさのあまりやったことで、与吉には他意はないとはおもうが、念には念を入れたほうがよかろう」

「与吉に胡乱《うろん》な気配があるかどうか、気づかれぬよう、じっくりと様子をうかがってみます」

「このこと、お俊にも気取られてはならぬ。おもい詰めたら突っ走る気性の女。自分のしでかしたことで、おれたちに迷惑をかけたとおもいこんだら、突拍子もないことをやらかすかもしれぬ」

「竹を割った気性の、向こう意気の強い深川女らしい女。優しさと勝ち気さと脆《もろ》さが、ひとつ躰に住んでいる女、それが、お俊です」

「いずれにして、前原には、向後、時が許すかぎり与吉の動きに気を配ってもらわねばならぬ」

「そのこと、こころして務めます。御支配はこれから」

「南三の組の矢吉を訪ねて、砂村新田にある無宿人たちの集落近くの、どのあたりの川縁に二艘の舟が停泊していたか聞きだし、舟のあったあたりまで出向いて探索する。深川の名主たちから出された届出書を読み終えたら、すぐにも出かけるつもりだ」

「私は、遠慮なく、のんびりとした時を過ごさせてもらいます。昼には、外へ出て、与吉の様子をうかがいます」

小さく頭を下げて前原が大刀を手にとった。

四

熊井町の大野屋の裏口の前に長脇差を帯びた政吉と富造の姿があった。他に八人、着流しのやくざ者とみまがう男たちが立っている。いずれも帯に長脇差を差していた。河水の藤右衛門配下の男衆であった。

歩み寄ってきた安次郎に気づいて、政吉が声をかけてきた。

「安次郎さん、こんな朝っぱらからどうしたんです。まさか、おれたちの勤めぶりを品定めしようとやってきたんじゃねえでしょうね」

「そんな暇じゃねえよ。政吉兄哥《あにい》に聞きたい話があってきたのさ」

「あっしに聞きたいことって、何です」

「ちょっと顔を貸してくんな。みんなのいる前じゃ何かと都合が悪いや」

「安次郎さんにも、聞かれて都合が悪い話があるんですかい」

「色事にかけちゃ、ちょっとうるせえ安次郎さまだぜ。他人《ひと》には聞かせられない、艶っぽい秘密事は、蔵に詰め込めないほど仰山あらあな」

「そいつは豪気だ」

軽口を叩きあいながら歩いてきた安次郎と政吉が、裏口から半町ほど離れたあたりで足を止めた。

待ちかねたように政吉が訊いてきた。

「聞かれて都合が悪い話というと調べの筋ですかい」

「そんなところだ。この間、話してくれた大工の棟梁が、どこの誰だか、知りたいとおもってな。その棟梁から、日傭していた無宿人たちの様子や住んでいたところを聞き出して、一調べしたいのさ」

「あっしが棟梁の住まいまで案内しやしょう」

「張り番はいいのかい。いない間に何か起きるかもしれねえぜ」

渋面をつくって安次郎がいった。

「あっしひとりぐらい抜けたって、どうってことはありませんや。富造はともかく、残りの八人は、形は町人風ですが、もともと用心棒を生業にしていた浪人でさ、剣は目録以上の腕前で、日頃は、てまえ主人がやっている茶屋の用心棒をつとめていなさる先生方で」

ことばを切って首をすくめ、おもわず笑い出しそうになった口を掌で押さえて、政吉がつづけた。

「こういっちゃなんですが、剣にかけちゃ鞘番所の同心の松倉さまより、うちの先生方のほうがはるかにお強いんじゃねえかと」

苦笑いして安次郎が応じた。

「おれの口からは、そのあたりのことはいえねえ。五分、ということにさせてもらうぜ」

「万事、胸の内というやつで。心得ておりやす。あっしは、富造に安次郎さんに頼まれて調べの筋で出かける、と断ってきやす」

「頼んだ覚えはねえが、そういうことにしてもかまわねえよ」

にやり、として政吉が背中を向けた。小走りに富造のところへ行く。長脇差を預けるつもりか富造に手渡しした政吉が、急ぎ足で安次郎のところへもどってきた。

「行きやすか。棟梁の住まいは本所南六間堀町、神明宮のそばで」

いうなり先に立って歩きだした。安次郎がつづいた。

盗人たちの暗躍を食い止めるためにも、手がかりのひとつも欲しいのが安次郎ら鞘番所の面々の偽らざる気持ちだった。そのおもいはわかっているらしく、いつもは無駄口を叩く政吉も、今日は口を開くこともなく黙々と急ぎ足ですすんでいく。安次郎の足も、気持ちが逸《はや》っているせいか、自然と早足になっていた。

本所南六間堀の住まいには棟梁はいなかった。応対した四十そこそこの、いかにも人の良さそうな肥った女房が、

「いまは猿江《さるえ》町の舟会所近くの普請場に出かけている」

と、お多福みたいな愛嬌たっぷりの笑顔で教えてくれた。

猿江町の普請場は、亥ノ堀川に架かる猿江橋を渡ってすぐ、小名木川に面した舟会所の通りをはさんで向かい側、三軒目のところであった。古くなった建家を壊して、建て直しているその普請場は、まだ片付けられていない柱や廊下などに使っていた古びた木材と新しい材木が所狭しと置かれてあった。

大工たちが慌ただしく立ち働いている。まだ、普請をはじめてまもないのか、新たに造り直す土台に仕掛かっているところだった。

政吉が、腕組みをして職人たちの動きに眼を配っている顔見知りの棟梁を見つけて

声をかけた。

十手をちらつかせた安次郎が、話を聞きたい、というと、うなずいた棟梁が普請場の一隅に向かって歩き出した。先に立ったところをみると、そこで安次郎たちと話をするつもりなのだろう。

棟梁の名は辰五郎《たつごろう》といった。五十がらみの辰五郎は酒が好きらしく、小太りの、酒焼けと日焼けが重なったような、色黒の男だった。

「突然、来なくなった無宿人たちの話を聞かせてくれないか」

問いかけた安次郎に辰五郎が、

「あの無宿人たちに何かあったんですね。あんな糞真面目な野郎たちが、断りもなくやめるとは、とてもおもえなかったんだ。女房とふたりで、幼い子供もいるのにやめるなんて考えられないと、ついこの間も、首を捻りあったものですよ。三つになったばかりの可愛い盛りの男の子がいてね、女房なんざ、その子のあまりの可愛さに風車を買ってもたせてやったくらいでさ。かれこれ二ヶ月にもなろうというのに、いままでも、狐につままれたような感じでして」

と首を傾げた。

「無宿人たちとは、家族ぐるみの付き合いをやっていたみたいだな。そういうことな

「わかりやす。気になって、いなくなってから何度か様子を見にいったくらいですから」

「その無宿人たちが住んでいた場所へ行く道筋を教えてくれねえかい。おれも、どこの集落か知っておきたいんでね」

「そういうことなら、私がご案内しますよ」

「そうしてもらえるなら、ありがてえ。道に迷わずにすむ」

振り返って、安次郎が、ことばを重ねた。

「政吉、引き上げてもいいぜ」

「ここまで来て、そりゃないでしょう、安次郎さん。あっしもお供しますよ。もしかしたら、あっしがお調べに加わるかもしれないじゃねえですか。そんときのためにも知っておいたほうがいいとおもいやすがね」

「そうかもしれねえな。邪魔にならないようについてくる分にはかまわねえぜ」

「そこんとこは、心得ておりやす」

浅く腰を屈めて政吉が応じた。

顔を向けて安次郎が話しかけた。

「棟梁、出かけるかい」

「それじゃ、普請の段取りをこころきいた職人に指図してきます。少し、待っていておくんなさい」

小さく頭を下げて棟梁が、片腕らしき年嵩《としかさ》の大工のほうへ足を向けた。


中川御番所へ向かった小幡欣作は中川御番所支配の旗本に、探索のため、小名木川への舟の出入りを記した覚書をあらためさせてほしい、と申し入れた。

「四角ばったいい方をすれば北町奉行のしたためた、探索のために舟の出入りを記した覚書をあらためさせてほしい、との書付が入り用だが、なければないで、やり用もある」

控の間で応対した支配役が小幡を見つめた。優しげな眼差しだった。

咄嗟に、小幡は、この人なら、ありのままをぶつけても、そう邪険には扱われぬ、と判断していた。理由はない。杓子定規に物事を処することが苦手な、いい加減さを、小幡は支配役から感じとっていた。深川大番屋詰めの同心、溝口半四郎、松倉孫兵衛に似た雰囲気を、旗本は持ち合わせている。

それでいて、八木周助の身に備わっている、厭なこと、苦手なことはできるものなら避けたい、との逃げ腰の姿勢はみえなかった。

探索について洗いざらい話そう、と小幡は腹をくくった。

「深川の御店に相次いで盗人一味が押し込んでおります。家人、奉公人皆殺しのため、いままで手がかりがつかめませんでした。が、このたび、手がかりになりそうな噂を聞き込みました。その噂により、盗人一味は二艘の舟に分乗して深川に出入りしているのではないか、という疑念が生じたのです」

「二艘の舟に分乗して、小名木川に乗り入れたと申すのか。二艘の舟、か」

支配役が遠くを見るような目つきで空を見つめた。記憶をたどっているのはあきらかだった。

しばしの間があった。

うむ、と支配役がうなずいた。自分を納得させるための動きとおもえた。

顔を小幡に向けて支配役が告げた。

「舟二艘に分乗して深川に入り、数日して出て行った連中に覚えがある。いずれも御店の奉公人風の出で立ちであった。深川見物に行く、といっていた。二度目に来たときに、何度も深川へ遊びに来るとはうらやましいかぎりだ、と配下の御番衆がからかったので覚えていたのだ。何でも店を大幅に造り直しているそうで、その間、何もやることがない、といっていたな」

「その連中、どこから来たといっていましたか」

「そんなこと、一々、覚えていられるか。中川御番所の前を何艘の舟が往き来するとおもっているのだ。覚書をみせてやる。それで調べろ。書付を持ってきたかどうか堅いことをいっても仕方があるまい。万が一、商人、職人に変装した兇悪な盗人一味を見逃していたということになれば、中川御番所に詰める、われら御番衆にも咎《とが》め立てがあるかもしれぬでな、調べには手を貸そう。そのかわり、盗人一味が中川御番所の舟改めをくぐり抜けて、何度も深川に出入りしたことは表沙汰にしない、と約束しろ」

「約定いたします」

「武士に二言はないな」

「二言はありませぬ」

「よし。覚書は書庫に保存してある。調べたい日付が記された覚書を自由にとりだし勝手にあらためろ。書庫へは、おれが案内してやる」

　よっこいしょ、と独り言《ご》ちながら支配役が立ち上がった。大刀を右手に持ち小幡も、支配役にならった。

小幡が中川御番所の書庫の棚から覚書をとりだし、調べ始めた頃……。

砂村新田にある無宿人たちの集落に辰五郎と安次郎、政吉の姿があった。

筵《むしろ》で周囲をおおった掘っ立て小屋が十数軒建ちならんでいる。

見渡して、安次郎がつぶやいた。

「人の気配はするんだが、誰も出てこない。いくら世間をはばかる無宿人だといっても、愛想が悪すぎるぜ」

肩をならべて立っていた政吉が小声で話しかけてきた。

「あっしにゃ無宿人たちが息をひそめたまま出てこない気持ちもわかりやすがね」

「頭のまわりが、やけにいいじゃねえか。判じ物みてえな物の言い方はよしにしな」

呆れた顔つきで政吉が応じた。

「安次郎さんが腰に差したものが、無宿人が出てこない理由ですよ。よく見てくだせえな」

「おれの腰に差したものだと」

眼を向けた安次郎が顔をしかめた。

「なるほど、こいつが、出てこないわけかい。いつもは懐に入れているんだが、棟梁と一緒なんで、そのまま腰に差していたんだ。無宿人の集落に来るのに、馬鹿だね。あまりの迂闊《うかつ》さに、てめえが情けなくなるよ」

腰の十手を手にとり、しげしげと見つめた。不意に、悲鳴に似た素っ頓狂《すとんきよう》な声があがった。

「こいつはひでえや」

その声に安次郎と政吉が振り向いた。

膝を折った辰五郎が地面に手をのばしている。

その手の先に、泥に汚れて、半ば土に埋もれたものが見えた。

「触るんじゃねえ」

怒鳴った安次郎を振り向いた辰五郎が声高にいった。

「こいつは、この風車は女房が、可愛がっていた無宿人の子供に買ってやった風車だ。畜生め、正直者面《づら》しやがって。何があったか知らねえが、いくら慌てて出ていったといっても、人さまの好意がこもった品を、捨てていくこたあ、ねえじゃねえか」

歩み寄った安次郎と政吉が風車のそばで足を止めた。

膝を折って、じっと見つめる。

息を呑んだ政吉が安次郎に顔を向けた。

「このどす黒い染みは、血。あっしにゃ飛び散った血の跡としかおもえねえ」

「なんだって、血だと。それじゃ、誰かが、あの無宿人親子を、無宿人たちを殺したっていうのか」

横から辰五郎が声を上げた。

「そうと決めつけるわけにはいかねえ。誰かが大怪我をして、そのとき、飛び散った血が風車に染みたのかもしれねえ」

懐から手拭いをとりだした安次郎が風車の埋もれた部分の土を指で取り除いていく。

瞬きもせずに政吉と辰五郎が安次郎の指の動きを見つめている。

土がよけられ風車の埋もれていたところが露わになった。

その風車を、割れ物でも包み込むような手つきで安次郎が手拭いにくるんだ。

風車ごと手拭いを懐に入れる。

立ち上がって安次郎がいった。

「ここらで引き上げようぜ。だんまりを決め込んだ奴らに、ずっとのぞき見されている。すっかり厭な気分になっちまったぜ」

ふたりを見向きもせず、さっさと安次郎が歩きだした。一瞬、顔を見合わせた政吉と辰五郎が、あわてて安次郎の後を追った。

五

「あの無宿人たち、ひどいめにあっていなければいいが。風車を手にしたときのあの子の顔が、いまでも忘れられねえ」

気分が落ち着いたのか辰五郎が、しんみりとした口調でつぶやいた。

三人は小名木川沿いの河岸道を歩いている。安次郎と政吉が口を開くことはなかった。ふたりとも辰五郎と同じように、無宿人たちは何者かに殺されたのかもしれない、と推測している。

請け人のいない無宿人たちが仕事にありつくのはむずかしい。まっとうな口入屋は、人別からはずれた、無宿人を端から相手にしなかった。それだけに無宿人たちが、やっとありついた、日傭とはいえ真面目に働けば、雇いつづけてくれそうな辰五郎の仕事をほったらかして逃げ出すとは、よほどのことがないかぎりあり得ないことであった。

よほどのこと、それは生き死ににかかわることだったんだ、との強いおもいが三人のなかにある。そのおもいが安次郎たちを無口にさせていた。

海辺大工町の高橋のたもとで安次郎が足を止めた。政吉と辰五郎も立ち止まる。

「ここで別れるぜ。棟梁、手間をかけたな。ありがとうよ」

「いや、いまは、親分と一緒に無宿人の集落に行ってよかったとおもってるよ。あの風車を見つけるまで、おれは、無宿人なんか人の情けもわからねえ、馴れ合うことのできねえ奴らだとおもい始めていた。われながら情けねえ話さ。それが、いまは、あいつらに何があったか心配している。親分、あいつらが、ひでえめにあっていたとしたら、殺されてでもいたら、必ず仇《かたき》を討っておくんなさい」

躰をぶつけるようにして辰五郎が安次郎の手を握りしめた。その手を握りかえした安次郎が、

「仇を討たずにはおかねえ。悪い奴らをひっくくる。それが、おれの稼業だ」

「頼みます」

手を握り合ったまま辰五郎が頭を下げた。

手を離して安次郎が呼びかけた。

「政吉、悪いがおれのかわりに棟梁を普請場まで送っていってくれ。それと」

懐から風車をくるんだ手拭いをとりだし、

「鞘番所へまわって、この風車を門番に預け、大滝の旦那に必ず直接手渡すようにつたえてくれ」

「わかりやした」

手拭いを受け取った政吉が懐に入れた。

「頼んだぜ。棟梁、ありがとうよ」

声をかけた安次郎が政吉と辰五郎に背中を向けた。

櫓下から永代寺門前東仲町あたりまで、安次郎は歩きまわるつもりでいる。できるだけ早く掏摸の久助を見つけ出す。久助をつかまえて与吉とのかかわりを聞き出さなきゃならねえ。いまは、そのことがとてつもなく大事なことのようにおもえた。いつしか安次郎は、次第に急ぎ足になっていた。


大番屋を出た錬蔵は寄り道することなく、南三の組に顔を出した。昨夜の見廻りの結果を報告するためか、開けっ放しの表戸の奥に見える、板敷の上がり端に腰掛けて待ち受けていた矢吉が立ち上がった。錬蔵が声をかける。

「砂村新田の岸辺に舫《もや》ってある二艘の舟を見たという船宿の船頭をつれ出して南三の組で待っていてくれ。おれは、南一の組から、二の組、四の組、五の組とまわって昨夜の見廻りの様子を聞き、南三の組にもどってくる」

「金次《きんじ》の野郎を」

「金次？」

訝しげに問うた錬蔵に矢吉が苦笑いして、応じた。

「いけねえ。いきなり金次といってもわかりやせんね。金次というのは二艘の舟を見かけたという船宿の船頭の名なんですが、その金次の野郎の首に縄をつけても、ここへつれて来まさあ」

「頼む」

「頭に出かけること、断ってきやす」

上がり端に足をかけた矢吉に、

「おれは、一の組へ向かう」

いうなり錬蔵は踵を返した。奥の座敷へ走る矢吉の足音を背中で聞きながら、錬蔵は南三の組から足を踏み出した。

高橋のたもとで安次郎が政吉と辰五郎と別れ、錬蔵が南三の組を出て、南一の組へ向かって歩みをすすめている頃、砂村新田の無宿人の集落の、とある掘っ立て小屋のなかでは遊び人風の男たちが円座を組んでいた。十人いる男たちの、いずれもが一癖ありそうな顔つきをしている。

頭格とみえる眉の太い、狐眼の男が一同を見渡して告げた。

「住んでいた無宿人たちを皆殺しして深川での足場にしてきたが、どうやら、ここは引き払ったほうがよさそうだ」

ふっ、とふてぶてしい笑みをうかべて、ことばを重ねた。

「雨坊主の宇兵衛《うへえ》の見込みをはずさせ、足場を移す気にさせるとは深川大番屋の連中も、なかなかのもんだぜ」

「お頭、岡っ引きのひとりが様子を探りに来たぐらいで、そんなに気にすることはないとおもいますがね。犬も歩けば棒に当たるといいやすぜ」

手下のひとりが応じた。

「おれたちは、手がかりをひとつも残してこなかった。それを聞き込みを積み重ねて、疑わしいところをひとつひとつ調べ上げて潰していく、というやり口で、まぐれあたりにしろ、この無宿人の集落にたどりついている。鞘番所の奴らが、この集落を虱《しらみ》潰しに調べ上げれば、必ず土を掘り返した跡を見つけ出すに違いない。そこを掘り返したら何が出てくるか、おめえたちにもわかっているだろう。皆殺しにした無宿人たちの骸が出てくるのよ」

「そこまで、鞘番所の役人どもがやるとはおもえねえ。この間、腕前のほどをたしかめてやろうと大野屋の裏口の張り番をしている同心を襲ったが、なまくらの役立たずだったぜ。その同心が、いまでも、夜は、大野屋の張り番をしている。手配りができているとはおもえねえ」

じろり、と睨め付けて宇兵衛がいった。

「張り番をしている、たよりない同心を助けるために、陰ながら張り込んでいる奴らがいるじゃねえか。近くの土手に身を潜めて見張っていたおめえが、そのことは、よく知っているはずだ。そのうちのひとりが、やって来た岡っ引きだと、おめえ、さっきいっていたろう。鞘番所支配の大滝錬蔵は、なかなかの男よ。小者ふたりを殺され、面目を失った同心に務めをまっとうさせながら、警固も怠らぬ二重の策をめぐらしている。しくじった同心も今度は必死にならざるを得ない。夜襲を仕掛けても、この間のようなわけにはいくまい。それこそ命がけで向かってくるだろう」

「それは、たしかに、そうだろうが」

渋い顔で襲ったことを口にした男が応えた。

「撞木町の升兵衛お頭が仰有《おっしゃ》ってた。鞘番所支配の大滝錬蔵さえ始末すれば深川は簡単に牛耳《ぎゅうじ》れる。殺し賃、千両出そう。大滝錬蔵を始末し、鞘番所を骨抜きにしておくれ。盗みに入って手にした金は、宇兵衛さん、おまえのものだ。が、遊所にだけは手をつけてはいけない。深川の遊所は、大滝を始末した後、乗り込むと決めている私の金のなる木、いや、金を生む田畑だからね。私が乗り込んだ暁《あかつき》には宇兵衛さんは私の片腕になってもらうよ。京の都はしきたり事が多すぎる。撞木町を仕切ろうにも、口出しする者が多くてね、やりにくいのさ。その点、深川は手中におさめてしまえば自由になる町さ。どんな手を使っても私の物にしてみせる。河水の藤右衛門という男さえ消してしまえば、岡場所はどうとでもなるのさ。深川に長逗留して見極めてきたことだ。私の見込みに間違いはないさ、とね。升兵衛お頭は恐ろしいお人さ。表向きは優しげな茶屋の主人だが、裏にまわると人殺し、抜け荷など、ありとあらゆる悪事に手を染めていなさる、欲しい物を手に入れるためにはどんなことでもしでかす、人のこころなど持ち合わせぬお人よ」

「殺しを請け負う刺客屋と盗人、ふたつの稼業で稼ぎまくっている雨坊主の宇兵衛お頭も、上方以西から東海、伊勢一帯で押込みを働く盗人一味を束ねる撞木町の升兵衛お頭のいうことは聞かざるを得ませんからね。下手に逆らえば凄腕の刺客屋をしつこく差し向けられる」

襲撃を口にした男がつぶやいた。

「おめえのいうとおりさ。大金を手にするか命を失うか。いずれにしても、この雨坊主の宇兵衛も、おめえたちも、命がけの勝負になっているのさ」

細面の、無精髭の、痩せた男が口をはさんだ。

「舟は大丈夫だろうか。根城にしている行徳の盗人宿にもどるための舟だ。それに舟には宿の名を示す焼印が押してある。表向きは堅気の旅籠だが、その実は盗人宿という盗人仲間にとっちゃ、都合のいい代物の旅籠が、おれたちの不始末で足がついちゃ同業の衆に迷惑がかかる」

「そんなこたあ、気にすることはねえさ。盗人宿には、いずれ役人の手が入ると相場が決まっている。それを覚悟の上でやっている盗人宿稼業だ。主人も文句はいうめえよ。その分、高い宿代を払っているんだ。いうなればお互いさまさ。それより、行徳へ逃げ帰る足がわりの舟に何かあっちゃことだ。いま、舟は誰が見張っている」

「七助《しちすけ》だが」

無精髭の応えに渋い顔をした宇兵衛が、

「七助じゃ、何かあったとき頼りにならねえな。おめえ、いまから出かけて、一緒に見張っていてくれ」

「わかった。すぐ出かけよう」

無精髭が長脇差を手に立ち上がった。

「日の暮れまでにはもどってこい。ここを引き払って、別の足場に向かうからな」

「承知した」

うなずいて無精髭の男が出ていった。

残った者を見渡して、宇兵衛が告げた。

「他の者は、手分けして、新しい足場になるところを探してきてくれ。できれば、田畑のなかにある一軒家がいい。よさそうなのが見つかれば、そこを使う。押し込んで、住んでいる連中を皆殺しにすれば、すぐ移れる。ここには、いままで盗み取った金も置いてある。引っ越しの荷運びや、その後の一仕事で、今夜は忙しくなるぞ」

薄ら笑いを浮かべて男たちが顎を引いた。


舟が二艘、葭の生い茂った岸辺に舫《もや》ってある。小袖を着流した錬蔵と、錬蔵から預かったのか巻羽織を手にした矢吉、金次の三人が舟の近くに立っていた。

じっと舟を見つめていた錬蔵が、小声で矢吉に話しかけた。

「どうやら巻羽織を矢吉に預けて着流し姿になったおもいつきが役立ったようだぞ」

「どういうことで」

「見張られている。ここに来たときから、ずっとな」

「誰が見張っているというんで」

焦った矢吉がまわりを見渡そうとした。

「見るな。気づかれる。気づかぬ風を装うのだ」

「わかりやした。金次、聞いたな」

「聞きやした」

顔を見合わせた矢吉と金次に錬蔵が声をかけた。

「誘いをかける。おれが指図したら、それにしたがえ」

無言でふたりがうなずいた。

不意に錬蔵が声を上げた。

「ふたりとも舟は漕げるといっていたな。この舟、人目につきにくい、こんなところに泊めてあるところをみると、盗んだものかもしれぬ。おれたちが盗んで、どこかへ叩き売っても文句をいう奴はおるまい。早く舟に乗り込め。舟を盗むぞ」

「おもしれえ。盗もうぜ」

「盗もう」

調子に乗ったのか矢吉と金次が大声を張り上げ二手に分かれて、二艘の舟に飛び乗った。

ふたりが棹を手にとったとき、

「待て」

「何をする」

わめきながらふたりのやくざが駆け寄ってきた。腰に長脇差を帯びている。

「岸から離れろ。怪我をするぞ」

かけた錬蔵の声に呼応するかのように、矢吉と金次が舫綱をほどいて棹で岸を突いた。

二艘の舟が川面を滑った。

「てめえら、もどせ。舟をもどせ」

「腕ずくでも取り返す」

長脇差を引き抜いた小太りの男と無精髭の前に錬蔵が立ち塞がった。

大刀を引き抜いて錬蔵が正眼に構えた。

「深川大番屋の大滝錬蔵だ。訊きたいことがある。大番屋まで同道する」

「しゃらくせえ、叩っ斬ってやる」

吠えるなり小太りの男が斬りかかった。

同時に無精髭が怒鳴った。

「七助、やめろ。こやつ、使えるぞ。構えでわからぬか」

その声は七助には届かなかった。わずかに身を躱《かわ》した錬蔵が峰を返して、七助の胴を打ち据えた。

大きく呻いた七助が気絶し、その場に崩れ落ちた。

「峰打ち。気絶したまま鞘番所に連れて行き、責めにかけるつもりか。そうはさせぬ」

呻いた無精髭が錬蔵に斬りかかった。凄まじい上段からの打ち込みだった。

大刀と長脇差をぶつけ合い、体を入れ替えるように一飛びした錬蔵は、おのれの迂闊さに、おもわず奥歯を噛みしめていた。受けた刀の勢いの強さに手が痺れている。

無精髭は、地に伏した七助に駆け寄るや、その背に長脇差を深々と突き立てていた。無造作な、情け容赦のない動きだった。生け捕りにして口を割らせようという錬蔵の狙いを見抜いた上での動きであった。

わずかに躰をのけ反らせた七助が、がくり、と首を落とした。その背を足で踏みつけて無精髭が、ゆっくりと長脇差を引き抜いた。その切っ先から血が滴り落ちる。

薄ら笑いを浮かべて無精髭が低い声でいった。

「そうはさせぬ、といったはずだ」

大刀を正眼に置いて錬蔵が問うた。

「盗人の一味とみた。捕らえずにはおかぬ」

「問答無用。おれの正体を知りたくば、生け捕りにするしかないぞ」

含み笑いが、地の底から響いてくる呪文のようにあたりに響いた。

舟の上で、棹を手にした矢吉と金次が躰を硬くして見つめている。あおざめた顔がひきつっていた。

無精髭が下段に構えた。錬蔵も、下段に刀を置く。

睨み合ったまま錬蔵と無精髭が動くことはなかった。

西空に向かって下っていく日輪が、ふたりに照りつけ、尾を引く影を次第にのばしていく。

小名木川の水音だけが、その場を支配していた。

六章　一喜一憂《いっきいちゆう》

一

それぞれ舟の艫で、棹を川底に突き立てて、息を呑んだ矢吉と金次が見つめている。

一歩踏み込めば、相手の躰に切っ先が触れるほどの間を置いて、錬蔵と無精髭は対峙していた。

身じろぎひとつせず睨み合ったまま、すでに小半刻（三十分）近く過ぎ去っている。

右下段に構えなおした錬蔵が、姿勢を頭半分ほど低くした。その動きを、無精髭は見逃さなかった。下段に置いた長脇差を前に突き出すようにして撥ね上げる。躰を半歩、左へずらした錬蔵もまた、刀を逆袈裟に撥ね上げていた。

わずかなものであったが躰を低くした分、錬蔵の刀の位置が無精髭の長脇差より、下になった。

次の瞬間、無精髭の刃を錬蔵の刀が撥ね上げていた。

ぶつけられた刀身の、あまりの勢いの強さに、無精髭の腕が上がり、脇が空いた。

その脇腹に、勢いをゆるめることなく錬蔵が大刀を叩きつけた。

逆袈裟に振り上げた刀を、錬蔵が、さらに袈裟懸けに振り下ろす。

下から脇腹を、上から肩から胸にかけて斬り裂かれた無精髭が押し潰されたかのように地面に膝をつき、錬蔵を見据えた。

「見たことのない太刀筋。冥途へのみやげがわり、秘剣の名、教えろ」

眼を張り裂けんばかりに見開き、無精髭が睨みつけた。さながら髑髏《どくろ》が、吠え立てているかのようにみえる。

「鉄心夢想流《てっしんむそうりゅう》につたわる秘剣、霞十文字《かすみじゅうもんじ》」

大刀を右下段に置いたまま、錬蔵が応えた。穏やかな口調だった。その眼は、わずかな動きも見逃すまいと、瞬きひとつせず無精髭に据えられている。

「鉄心夢想流、霞十文字。覚え、て、おく、ぞ」

不敵な笑みを浮かべた無精髭の顔が、ひきつった。息が詰まったのか、喘ぐように顔を震わせながら前のめりに倒れた。

舟が水辺に乗り上げる音が響いた。

「旦那」

呼びかけた矢吉が舟から飛び降りた。

「来るな」

見向くことなく錬蔵が声を上げた。聞いた者が動きを止めざるを得ない威圧が、その声音に籠もっていた。錬蔵が、ことばを重ねた。

「まだ、こやつの生き死にを見極めておらぬ」

「それじゃ、まだ勝負は」

息を呑んで矢吉が口をつぐんだ。

凝然と見つめていた錬蔵が、少しずつ無精髭に向かって間合いを詰めていった。

横たわる無精髭が握りしめた長脇差に、自分の刀が届くあたりで錬蔵は動きを止めた。

地面すれすれに切っ先を這わせた錬蔵が、無精髭の長脇差を弾き飛ばした。

長脇差が空を飛び、無精髭から遠く離れたところに落ちた。

無精髭の腕の一本は頭の脇、残る一本は肩の高さに力なく置かれている。

歩み寄った錬蔵は無精髭の足下にまわった。足下から肩に向かって歩をすすめた錬蔵は腰を屈めて、左膝で無精髭の首寄りの背中を押さえ込んだ。

左手を無精髭の鼻の先にかざす。右手に持った刀は無精髭の頭に突きつけられていた。

しばらく、錬蔵は、そのままでいた。

ゆっくりと立ち上がった錬蔵は、切っ先を無精髭に向けたまま数歩、後退った。

大刀を鞘に納めた錬蔵が、無精髭に眼を向けたまま声をかけた。

「金次、舟を岸につけてくれ」

「わかりやした」

川底と船の底が擦れ合う音が響き、舟が岸に乗り上げた。

川原に降り立った金次が、矢吉とともに錬蔵に駆け寄ってきた。

「旦那、鳥肌がたちましたぜ。どうなることか、とはらはらしどおしで」

声をかけてきた矢吉を錬蔵が振り向いた。

「頼みがある」

「何なりと」

横から金次が声を上げた。

「あっしも役に立てておくんなさい」

ふたりを見やって錬蔵がいった。

「矢吉、まず南二の組にまわって、急ぎの用ができたので悪いが今夜の夜廻りにはつきあえぬ、とつたえるのだ。それから、大野屋に向かい、裏口にまわって、張り番をしている政吉か富造のどちらかに声をかけ、張り番のなかから剣の達者な男衆をふたり選んで一緒に来てくれ、とおれがいっていた、といい、三人をここへ案内してきてくれ」

「すぐ出かけやす。一刻（二時間）たらずでもどってきやす。まずは預かっていた羽織をお返ししやす」

手に持っていた巻羽織を錬蔵に手渡し、小袖の裾を尻端折りして、矢吉が走り出した。

「あっしは、どうしやしょう」

身を乗りだした金次に、

「舟に乗り込んで身を伏せ、いつでも漕ぎ出せるようにしていてくれ。ふたりの仲間がやってくるかもしれぬ。おれは草むらに身を隠して見張る。ふたりの仲間がやってきて斬り合いになり、勝ち目がないとさとったら舟に跳び乗って逃げ出すつもりだ」

「旦那みてえな強《つぇ》えお方が逃げるなんて、そんなことがあるとはおもえませんが」

「おれより腕の立つ奴は何人もいる。逃げるが勝ち、というときもあるのさ」

「なるほど、逃げるが勝ちねえ。あっしも、やたら突っ張らねえで、ほどのいいところで引き下がることをこころがけやす」

「それがいいだろうよ。何事も無理はいけねえ」

笑みをたたえて錬蔵が応じた。

「それじゃ、あっしは舟にもどりやす」

小走りに金次が舟へ向かった。

まわりを錬蔵が見渡した。金次が乗り込んだ舟の近くの草むらへ向かって、錬蔵が足を踏み出した。


巣に帰るのか、群れをなした鳥が黒い影を浮かして、茜色に染まった空を飛んでいく。

天日《てんじつ》は、いま、山陰に、その姿を隠そうとしていた。

砂村新田の、無宿者の集落にある掘っ立て小屋のひとつに遊び人風の男が入っていく。

掘っ立て小屋のなかでは、雨坊主の宇兵衛と手下たちが円座を組んでいた。

「隆造《りゅうぞう》と七助は、いやに遅いじゃねえか。何かあったのかもしれねえな」

誰に聞かせるともなくつぶやいた宇兵衛に手下のひとりが、

「見てきやしょうか」

と腰を浮かせた。

「もう少し待ってみよう。暗くなっても、もどってこなければ何かあった、とおもうべきだ」

「いずれにしても、たしかめに行ったほうがいいんじゃねえですか」

問いかけた手下に宇兵衛が告げた。

「行くには及ばねえ。鞘番所の奴らの手がまわっていて、やられたのかもしれねえ、もし、そうだとしたら見張りがついているに違いねえ」

「隆造は、仲間内でも一、二を争う剣の使い手。むざむざとやられるとはおもえませんが」

「大滝錬蔵は剣の達人、と撞木町のお頭から聞いている。大滝錬蔵じきじきに出張ってきたとしたら、いかな隆造でも後れをとることはありうる」

一同が顔を見合わせた。手下のひとりが声を上げる。

「大滝錬蔵が、どれほどの剣の上手か知らないが、おれたちは数多くの修羅場を戦ってきた。生き死にをかけた斬り合いでは、慣れが技倆に勝るものだ。たとえ隆造がやられたとしても、おれたちが三人一組となって仕掛ければ負けるとはおもえねえ」

じろり、と宇兵衛が眼を向けた。鋭い眼差しだった。

「ぐずぐずと、つまらねえことをいってるんじゃねえ。斬り合ってみなきゃ、大滝錬蔵がどれほど強いか、わからねえだろうが。まずは、隆造と七助を待つ、日の暮れまでに帰ってこなければ、桑吉《くわきち》が目星をつけてきた砂村新田のはずれにある隠亡堀《おんぼうぼり》近くの百姓家に押し込み、皆殺しにして、おれたちの根城にする。老夫婦と若夫婦の四人だけの所帯のようだ、簡単に始末がつくだろう。隣の百姓家から五町ほど離れていて、塀代わりの大木で囲まれている。隠れ場所にはもってこいのところだ。根城をものにしたら、ここに隠してある盗み出した金を運び込む。その後に、もう一仕事あるんだ。今夜は忙しいぜ」

ふてぶてしい笑みを宇兵衛が浮かべた。

一同が薄ら笑って顎を引いた。

それまで茜色に染まっていた空が薄墨を流し始め、黒味を増していく。

まだ夕べを残す頃合いに、矢吉につれられた、腰に長脇差を帯びた富造とやくざ風のふたりの男の姿が、川沿いの道に現れた。

二艘の舟が目印になっているのか、迷うことなく歩み寄ってくる。

舟の近くまで来て立ち止まった四人が、まわりを見渡した。

「ここだ」

かけられた声に矢吉たちが振り向いた。

立ち上がった錬蔵が草むらにいた。

「ここに来てくれ。身を低くして、な」

いうなり錬蔵がしゃがみ込んだ。丈の高い草が生い茂っている。しゃがむと草に隠れて、錬蔵の姿がみえなくなった。矢吉を先頭に富造たちがそばに行き、錬蔵を囲むように坐り込んだ。

「政吉は、安次郎さんにつれられて朝から出っぱなしで、さっきもどってきたばかりなんで、あっしが来ました。張り番は退屈ですからね、代わりばんこに出かけることにしたんでさ。一緒に来てもらったふたりは河水楼の用心棒をつとめている腕に覚えの男衆で」

話しかけてきた富造に錬蔵が応じた。

「藤右衛門に話した役目と違うことをやってもらうことになってしまった。このこと、後で藤右衛門にことわっておく」

「主人は、そんな細かいことは気にしないとおもいやすよ。鞘番所の助っ人だ。何があっても不思議じゃねえ、とあっしらを送りだすときにいっておりましたから」

いかにも藤右衛門らしいこころづかいだと錬蔵はおもった。何でもあり、といわれたら、助っ人に出向く者たちは端から覚悟を決めてくる。

うむ、とうなずいて錬蔵は矢吉に顔を向けた。

「矢吉、金次には舟に潜んで、いつでも舟を漕ぎ出せるように支度をととのえていてくれ、といってある。矢吉にも、金次と同じことをやってほしいのだ。矢吉が身を隠すのは、さっきまで乗っていた舟だ」

「わかりやした。すぐ舟に向かいやす」

立ち上がって中腰になり、目立たぬようにして矢吉が舟へ向かった。

草のなかに矢吉の姿が消えるまで見つめていた錬蔵が、富造たちを振り向いた。

「盗人一味とおもわれるふたつの骸は、そのままにしてある。様子を見に仲間が来るかもしれぬ。そのときは飛び出して、その奴らを引っ捕らえるか、手に余れば斬る。それまで、この場に身を潜めて、ただ待つしかない」

眦《まなじり》を決して富造たちが大きく顎を引いた。

二

暮六つ（午後六時）過ぎに深川大番屋を出た前原は、土地のやくざが開帳する賭場へ向かっていた。

歩きながら与吉のことを考えている。昼過ぎまで錬蔵の長屋で休んだ前原は、朝方、お俊がつくって持たせてくれた握り飯ふたつを食べた後、外へ出た。

数歩すすんだところで、前原は足を止めた。牢屋の外壁のそばに、門番と与吉が立っていたからだ。与吉は壁のあたりに手を当てて、顔を寄せている。振り向いて、門番と何やら話し合っては、再び、顔を外壁に近づける。

歩み寄って前原が声をかけた。

「何をしているのだ」

門番が振り向いて応えた。

「与吉が、流れ歩きながら、あちこちの普請場で働き、大工や左官の修業を積んできたというんで、それなら、建家の、修繕しなければならない箇所がわかるだろうと、ふたりで建家の傷み具合を調べているところでさ」

「てめえで修繕できるていどの不具合なら直そうとおもいやして、調べているところで」

横から与吉が話しかけてきた。

「普請場で働いて、見様見真似で職人の技を習得したというのか。その腕、おおいに役立ててくれ」

笑みをたたえて前原がいった。

「長年修業を積んだ職人のようにはいきませんが、一通りのことはこなせます」

「他に、どんなところで働いていたのだ」

「錺職《かざりしょく》の親方のところに、一年ほど住み込みました。簡単な細工物ならつくれます」

「器用なものだな。おれは、不器用で、大工仕事は大の苦手だ」

「どういうわけか、生まれつき手先だけは、器用でして。器用が災いした口でしたが」

曖昧な笑みを浮かべて与吉が頭をかいた。掏摸だったことを恥じているような、与吉の口振りだった。

「不器用より器用のほうが何かとよかろう。これからは、その器用が役に立つ」

「そうなれば嬉しいのですが」

そういって与吉が溜息をついた。

「しっかり働いてくれ」

肩を叩いて前原が与吉に微笑みかけた。

「働きます、生まれ変わったつもりで、働きますとも」

眼を輝かせて与吉が応じた。

そのときの与吉の眼差しを、前原は忘れてはいない。

与吉の眼に溢れ出た真剣そのものの光を、前原は、偽りではない、と感じとったのだった。

そんな与吉に安次郎は、疑念を抱いている、という。錬蔵も、与吉を信じ切ってはいないようだった。

御支配の指図もある。しばらくの間、与吉を見張るしかあるまい。そう腹をくった前原は、大番屋のなかを見廻るようなふりをして、さりげなく与吉の様子をうかがったのだった。

少なくとも、おれが大番屋を後にするまでの間は、与吉に胡乱《うろん》な動きはなかった。

歩きながら、与吉の動きを何度も脳裏に繰り返し描きつづけた前原の得た感触であった。

そういえば与吉は梯子を立てかけて、大番屋の屋根に登り、雨漏りしないかどうか、調べていたっけ。屋根に登れば、大番屋が見渡せる。どんな景色か、おれも見たことがない。おれも見たことがない景色、そこで前原は足を止めた。

万が一、与吉が盗人の一味だったとしたら、屋根から見た景色は、深川大番屋の建家の配置を記した見取り図を描くためには、格好の素材になりうる。そのことに気づいた前原は、おもわず動きを止めたのだった。

もう少し、様子を見るしかあるまい。与吉のことを、お俊は気にかけている。与吉に裏切られたと知ったら、お俊がどういう出方をするか、前原には、あらかたの予測はついていた。お俊の、あの気性だ。おそらく、ただではすむまい。何事もなければよいが。そう願いながら前原は足を踏み出した。

火の見櫓の半鐘が、茶屋などの見世見世に飾られた提灯や軒行燈の、天に向かってのびる燈火を受けて、星一つ見えない夜空に朧な姿を浮かび上がらせている。

火の見櫓を見上げて安次郎は溜息をついた。

そろそろ四つ（午後十時）になる。一刻（二時間）ほど前までは酔っぱらいや遊客で賑わっていた櫓下も泊まりの客は茶屋に落ち着き、線香一本が燃え尽きるまでを一商いとする切見世などの遊所に来た客たちも、木戸が閉まる四つ前には引き上げてしまって、いまは人影もまばらになっていた。

この人出じゃ掏摸も商いにならないだろう。やっぱり昼間に出かけてこなきゃ掏摸のひとりも見つけ出せねえや。半ばあきらめ顔で首を傾げた安次郎は、鞘番所へ帰るべく歩きだした。

明日は、昼前に出かけて永代寺門前町あたりを歩いてみるか。富岡八幡宮を詣でにきた者たちの懐を狙って、掏摸の何人かは姿を現すだろう。歩みをすすめながら安次郎は、明日どういう動きをするか、それだけを考えていた。

鞘番所の物見窓ごしに声をかけると、

「すぐ潜り口を開けますぜ」

聞き慣れた門番の声が上がると同時に門番所の表戸が開く音がし、扉が内側から開けられた。

「御苦労さまです」

愛想笑いを浮かべた与吉が、扉の向こうから顔をのぞかせた。

予想もしていなかった与吉の出迎えに、安次郎があっけにとられた。

「与吉、おめえ、通いの約束だろう。住まいに帰らなかったのかい」

「明日の朝早くから牢屋の修繕を始めますんで、鞘番所のなかにある大工道具をあらためていたら、帰りそびれてしまって、ついつい泊まり込むことになっちまったんでさ」

「仕事熱心なのはいいが、あんまり張り切り過ぎると後々、辛いことになるぜ」

いいながら安次郎が潜り口から入った。足を止めることなく門番所へ向かう。後ろで潜り口の扉の閉まる音が聞こえた。

表戸を開けて足を踏み入れた安次郎が、板敷の間に坐っている寝ずの番の門番のひとりに声をかけた。

「御支配はお帰りかい」

「まだですぜ。それより昼間、政吉さんがやって来て、安次郎さんから頼まれた、御支配さまに直に渡してくれ、と置いていった風車、お返ししますぜ」

立ち上がった門番が、壁につくりつけの箪笥の抽出を開けて、手拭いにくるまれた風車をとりだした。板敷の上がり端に腰をかけた安次郎に歩み寄り、風車を手渡す。

躰をねじって安次郎が門番から風車を受け取ったとき、入ってきた与吉が表戸を閉めて振り返った。

「風車がどうしたんで」

問いかけて与吉が安次郎の手元をのぞきこんだ。

「拾ったんだ」

「拾った、どこで」

「そいつはいえねえ」

突き放すようにいった安次郎が、さらに顔を寄せてきた与吉には見せないように、風車をくるんだ手拭いを懐に入れた。壊さないように柄から入れたためか、かえって風車が懐からはみ出した。

その風車を見つめた与吉の眼が細められた。その、細めた眼の奥に、獰猛《どうもう》な獣に似た冷酷無情な光が宿っている。

一瞬のことだった。

そんな与吉の変化に、気づいた者はひとりもいなかった。

「大事な品のようですが、ずいぶんと小汚い代物ですね」

呆れたように与吉がいった。

「人それぞれ、大事なものがあるのよ。明日も、しっかり働くんだぜ。お俊にも面子ってものがあるんだからな」

立ち上がった安次郎が、ちらりと与吉に目線を流した。

「そのこと、心得ております」

表戸を開けて出ていく安次郎に向かって与吉が深々と頭を下げた。

すでに深更九つ（午前零時）は過ぎていた。

錬蔵たちは、草のなかに身を潜めて張り込みをつづけている。

盗人一味はおろか、いままで人っ子ひとり、姿を現さなかった。

顔を向けて錬蔵が声をかけた。

「富造、引き上げるか。どうやら盗人一味は、ふたりがもどってこないことから推断して、何か起こったに違いない、と警戒心を抱いたのかもしれぬ。これ以上、待っても無駄だろう。舟は動かす。舟を残しておくと盗人たちに逃げ去る手立てのひとつを与えることになる。おれたちは舟に乗って引き上げる」

「わかりやした」

うなずいた富造が男衆を振り向いた。

「聞いてのとおりで」

無言で男衆ふたりがうなずいた。

立ち上がった錬蔵が舟に向かって声を上げた。

「矢吉、金次、姿を見せてもいいぞ。これから舟に乗り込む」

舟のなかから起き上がった矢吉と金次が、無言で大きくうなずいた。

二艘の舟が川面を滑っていく。

先を行く矢吉の漕ぐ舟には錬蔵と富造、金次が櫓を握る舟にはふたりの男衆が乗っている。

櫓を操りながら矢吉が話しかけてきた。

「艫の船板に焼き印が押してありやした」

「焼き印が」

問うた錬蔵に矢吉が応えた。

「行徳、すず屋という字が焼きつけてありやす」

「行徳、すず屋。旅籠の名かもしれぬな」

誰に聞かせるともなく錬蔵がつぶやいた。おそらく盗人宿、と胸中で推測している。

再び矢吉が声をかけてきた。

「小名木川へ出て、万年橋の、鞘番所寄りのたもとの下の岸辺に舟をつけ、間近の橋桁に舟を舫う。そういう段取りでしたね」

「そうだ。舟をつないだら矢吉は金次と一緒に引き上げてくれ。富造はふたりの男衆と大野屋の張り番にもどってくれ」

「端から、そのつもりで」

うなずいた富造の顔に緊張がみえた。

舟は小名木川をすすんでいく。

行く手に、高々と黒い影を浮かしているのは、高橋であった。


大番屋にもどった錬蔵は門番に潜り口を開けさせ、門番所に寄ることなく長屋へ足を向けた。

長屋の表戸を開け、足を踏み入れた錬蔵の眼に、土間からつづく板敷の間の壁際に坐る安次郎の姿が飛びこんできた。

壁に背中をもたせかけて安次郎は眼を閉じている。その前に手拭いに載せた風車が置いてあった。

表戸を閉める音で目覚めたのか、安次郎が眼を見開いた。

「旦那、ずいぶんと遅いお帰りじゃねえですか。何かあったんですかい」

「怪しげな舟が二艘、人目を避けるようにして停泊しているとの噂を聞いたので、たしかめに行ったのだ。そしたら盗人一味とおもわれるやくざ者風のふたりと斬り合いになってな」

「斬り合いに。そいつぁ厄介なことに」

「なかなかの剣の使い手でな。手こずった。おそらく盗人一味のなかでも腕の立つ奴に違いない」

怪しげな舟の噂を聞き込んだところから、張り込みにいたった経緯《ゆくたて》を錬蔵は、かいつまんで安次郎に話して聞かせた。

一言も口をはさむことなく安次郎は聞き入っている。

聞き終わって安次郎が身を乗りだした。

「あっしのほうにも、噂から、おもわぬ広がりを見せた話がありやす」

風車に眼を向けて錬蔵が訊いた。

「この風車がからむ話か」

「図星で」

噂話を聞かせてくれた政吉や大工の棟梁、辰五郎と一緒に、砂村新田の無宿人の住み暮らす集落へ出かけ、泥にまみれた風車を拾ってきたいきさつを手短に話した安次郎が、風車を手にとって、

「この風車についている赤黒い染み。あっしにゃ、飛び散った血が染みた跡にみえるんですがね」

風車を差し出した。

受け取った錬蔵が風車をじっと見つめる。

しばしの間があった。

呻くように錬蔵がいった。

「この染み、おれにも飛び散った血の跡のようにおもえる」

「旦那、風車を拾った無宿人の集落、明日にでも調べませんか。ひょっとしたら」

「風車の持ち主の骸が、集落のどこぞに埋められているかもしれぬ、といいたいのだな」

「そのとおりで」

「安次郎の、その読み、的を射ているかもしれぬ。中川御番所へ舟の出入りを調べに出向いた小幡の復申を受け次第、砂村新田にある無宿人の集落へ向かおう。骸を埋めた跡とおもえるところが見つかったら、南三の組の火消したちの手を借りよう。大野屋の張り番から小者たちを引き上げさせるわけにもいかぬからな」

「よし、話は決まった。申し訳ねえが少し眠らせてくだせえ。こうしていても、両の瞼がくっつきそうでさあ」

「おれも寝る。安次郎も早く床に入れ。この風車は、手がかりのひとつになるかもしれぬ大事な品。おれが預かっておく」

風車を手にしたまま鍊蔵が立ち上がった。安次郎が、それにならった。

三

夜空が薄明かりに照らし出された頃、深川大番屋の表門に走り寄った男がいた。

門扉を叩きながら、男がよばわった。

「大変だ。盗人が押し込んだ。門を開けてください。開門」

男の声に気づいたのか表門の潜り口がなかから開けられ、眠たげに眼をこすりながら門番が顔を出した。

駆け寄った男が懐から一枚の紙をとりだし、門番の眼前に突きつけた。

「盗人が、文を投げ込んでいった。醬油酢問屋の福見屋《ふくみ》に盗人が押し込んだ、と書いてある。私は、平野町の自身番の小者、才助《さいすけ》という者、急ぎ、お取り次ぎを」

口角泡を飛ばして才助がわめいた。

長屋に走り込んできた門番の知らせを受けた錬蔵は、安次郎ともども出役の支度をととのえ、才助を待たせてある門番所へ向かった。

門番所に入った錬蔵は、そこにいるはずのない男を見いだし、眉をひそめた。

「与吉、通いということではなかったのか」

板敷の間の壁際に、膝を揃えて坐っていた与吉が、

「そのとおりでございます。ついつい成り行きで泊まり込むことになりまして」

申し訳なさそうに首をすくめた。

横から門番のひとりがことばを添えた。

「与吉は普請場で働いていて大工や左官の技を見様見真似で身につけているというので、大番屋の傷んだところの修繕をやってもらうことにしましたんで。あちこち直す箇所を見つけたり、大工道具を揃えたりしているうちに時が過ぎまして、泊まっていくよう、すすめたのでございます。このことは安次郎さんもご存じのはずで」

苦笑いした安次郎が、

「そのこと、御支配には、まだ話していなかったんでさ。いっときゃよかったなあ」

ちらり、と錬蔵に眼を走らせた。

それには応えず、錬蔵が顔を向けた。

「与吉、すまぬが、探索にかかわる話をするので、おれが、入ってもよい、というまで外へ出ていてくれぬか」

「わかりやした」

おずおずと立ち上がって与吉が土間に降り立ち、表戸を開けて外へ出た。

見届けた錬蔵が長屋へ知らせに来た門番に命じた。

「松倉と小幡が長屋にいる。まだ寝入っているとおもうが叩き起こして、急ぎ出役の支度をととのえ、門番所の前に来るようつたえてくれ」

「わかりました」

小さく頭を下げて門番が表戸へ向かった。開けた表戸を、後ろ手で閉めて駆けだしていく。

一枚の紙を手に、板敷の間の一隅に坐る才助に錬蔵が近寄った。

気づいた才助が立ち上がって浅く腰を屈めた。

「自身番に、福見屋に押し入った、との投げ文がありましたんで、知らせにきました」

「その投げ文を見せてくれ」

「これでございます」

持っていた紙を才助が差し出した。

受け取った投げ文を錬蔵が凝然と見つめる。

〈醬油酢問屋、福見屋に盗人が押し込んだ〉

と墨痕黒々と書きつけてある。

いままで何度も見てきた、店の名が変わっただけで、後は決まり切った文句をつらねた盗人一味からの投げ文であった。

顔を上げて才助に声をかけた。

「配下の者たちの支度がととのい次第、福見屋へ向かう。福見屋の前まで道案内を頼む」

「わかりました」

応えて才助が顎を引いた。

振り向いて錬蔵が告げた。

「安次郎、門番所の前で松倉と小幡を待つ。外へ出るぞ」

歩きだした錬蔵に、安次郎と才助がつづいた。

仕入れに出かける棒手振りの魚屋が、両端に空っぽの籠を吊した天秤棒を担いで、日本橋の魚市場へ向かうのか、永代橋を渡っている。

大野屋の裏口の張り番をする八木周助たちを、近くの、大川沿いの土手に身を潜めて警固していた前原は、遠目に、棒手振りの魚屋を眺めていた。魚屋は、決まった刻限に永代橋に姿を見せる。前原は、魚屋が永代橋を渡りきったら、引き上げると決めていた。

薄明の空は、すでに赤みがかっていた。ほどなく朝日が昇るだろう。

もう盗人一味が襲撃してくることはあるまい、との判断が前原のなかにあった。

身を潜めたまま、大野屋から遠ざかった前原は、八木たちから姿を見られることのないあたりで立ち上がった。

ちらり、と大野屋のほうに目線を走らせて、深川大番屋へ帰るべく前原は足を踏み出した。

大番屋へ着いた前原は、表門の物見窓ごしに声をかけた。細めに窓障子が開けられ、門番が顔をのぞかせた。

「前原さんに御支配から伝言があります」

「御支配から。何か起こったのだな」

「すぐ潜り口を開けます。話は、そのときに」

いうなり門番が窓を閉めた。

門番所の表戸を開け閉めし、走り寄る足音がした。すぐに潜り口がなかから開けられ、門番が出てきた。前原に顔を寄せ、小声で話しかける。

「昨夜、平野町の醬油酢問屋、福見屋に例の盗人一味が押し込みました」

「平野町の福見屋に、盗人一味が押し入ったというのか」

「御支配から伝言があります。前原さんが帰ってきたら、もう一度、大野屋へもどってくれ。そこで溝口さんや八木さんに会い、政吉ら藤右衛門配下の助っ人たちが交代のため顔を出したときに、八木さんの組を表へまわし、裏はそのまま政吉たちに張り番をまかせるよう手配りして、溝口さんの組と前原さんは平野町の醬油酢問屋、福見屋へ向かってくれ、と仰有ってました。それと」

「それと、とは」

ちらり、と物見窓に目線を走らせて、門番が眉をひそめた。

「御支配は、与吉の前では探索にかかわる話は慎むよう考えておられるようで」

「その口振りからすると、与吉は大番屋に泊まり込んでいるのか」

訊いた前原に門番が、

「大番屋のあちこちをあらためたところ、修繕したほうがいい箇所がいくつか見つかりました。修繕するための古材を探しだしたり、大工道具を揃えたりしているうちに、いつのまにか日が暮れてしまい、私たちが引き留めたこともあって与吉は、ついつい帰りそびれたという次第でして」

「それはまずい。通い、と御支配が仰有ったはずだ」

「それはそうですが、与吉に悪気があったわけではなく、成り行きでなってしまったことでして」

歯切れの悪い門番の物言いだった。

話を聞きながら、前原は、不意に湧いた奇妙な安堵感に途惑っていた。

盗人一味が福見屋へ押し込んだ夜に与吉が大番屋にいた。そのことは与吉が、少なくとも盗人一味ではない、ということを意味しているではないのか。通い、という取り決めを初日から破ったことには問題があるが、与吉に対する疑念がひとつ消えたことは間違いない。前原は、そう考えたのだ。

眼を向けて前原が門番に訊いた。

「おれは、福見屋がどこにあるか、よく知らない。どういう道筋をたどればよいか、知っていれば教えてくれ」

「このようなこともあろうかと知らせに来た平野町の小者、才助から聞いて、道筋を描いておきました」

門番が懐から二つ折りした紙をとりだした。受け取った前原が絵図に眼を落とした。

顔を上げて前原が門番に話しかけた。

「よくできている。わかりやすい絵図だ」

「そういっていただけると、描いた甲斐があるというもので」

笑みをたたえて門番が応じた。

急ぎ足で前原は大野屋へ向かった。小半刻（三十分）ほどしか過ぎていないのに、大番屋へ帰るときと違って、箒を手にして店先を掃いている小商人や丁稚の姿が町のあちこちで見うけられた。

大野屋の大戸は下ろされたままだった。その前で溝口半四郎や下っ引き、小者たち八人が張り番をしている。半数は立って見張っているが、残りの者は大戸脇の外壁の前に敷いてある筵に足をのばして坐っていた。

裏口を見張る八木の組も半数が張り番をし、残りは筵に坐って休んでいた。半日つづく張り番である。全員が立ちっぱなしでいるなどできる話ではなかった。

やってきた前原に気づいて溝口が声をかけてきた。

「御支配から新たな指図が出たのか」

「そうだ。実は平野町の醤油酢問屋の福見屋に盗人一味が押し入った」

「何だと」

「御支配は、すでに松倉さんや小幡殿を引き連れて福見屋に向かわれた。いまごろは福見屋のなかをあらためておられるはずだ」

「盗人どもに水油を奪われないためにも大野屋を見張ることは大事なことだ。だが、そうだとわかっていても、何もしていないような気がして、実に歯痒《はがゆ》い。張り番をしながら、探索の務めに早くもどりたい、と、それだけを考えているのだ」

口惜しげに溝口が顔を歪めた。

「その望みが叶うぞ」

眼を輝かせて溝口が身を乗りだした。前原がことばを重ねた。

「政吉たち河水の藤右衛門配下の助っ人たちが姿を現したら、大野屋の張り番の差配を八木さんにまかせて、溝口さんと下っ引き、小者たちは、おれと一緒に福見屋へ向かうようにとの御支配の指図だ」

「そのこと、おれが八木につたえてくる。お主は、ここで、おれのかわりに張り番をしていてくれ。少しぐらい動かないと躰が固まって、動けなくなるような気がする」

右手の拳で溝口が左肩を数度、叩いた。

「そのこと、まかせる。何なら、政吉たちがやってくるまで、おれが張り番をしていてもいいぞ」

「そいつはありがたい。八木に御支配の指図をつたえたら、少しの間、ご近所を歩きまわってくる」

「政吉たちが着く頃までにもどってくればいい。その間は、おれが、張り番をしておく」

「頼む。それじゃ、おれは八木のところへ行く」

笑みをたたえて溝口が応じた。

政吉たちがやって来て裏の張り番の配置につき、八木が表の張り番を引き継いだのを見届けて前原と溝口たちは大野屋を後にした。門番が描いてくれた福見屋への道筋を記した絵図を手に前原が先に立ってすすんでいく。

大川を背にして、仙台堀沿いの通りを行くと平野町へ出る。

絵図をこまめにあらためなくとも河岸道をすすんでいくだけで福見屋は、すぐにわかった。

福見屋の前に、松倉孫兵衛の下っ引きふたりがいかめしい顔つきで立っていたからだ。

福見屋の大戸も、大野屋同様、下りたままになっている。

歩いてきた前原と溝口たちの足音に下っ引きが顔を向けた。

すかさず溝口が声をかけた。

「御支配はなかか」

「これは溝口の旦那。松倉の旦那も、小幡さんも、なかで調べていらっしゃいます。あっしらは着いたときから、ここで張り番をしています」

「小者たちに見張りをまかせて、おれ、前原殿、おれと松倉さんの下っ引きたちはなかに入ろう」

そういって溝口が大戸に手をかけた。

福見屋のなかは、以前に盗人一味に押し入られた店々と変わらなかった。

あちこちに住み込みの奉公人の骸が転がっている。おそらく奥には、家人たちの無惨な骸が横たわっているのだろう。

倒れた戸襖や戸障子が廊下をふさいでいた。前原たちは、できるだけ戸襖や戸障子を踏まぬよう気を配って歩みをすすめた。

ふたりの男の骸が転がる座敷を松倉が調べていた。壁際に立った松倉が壁に飛び散った血を指でたどっている。戸襖は廊下に横倒しになっていた。廊下をきた溝口が松倉の下っ引きたちを振り向いた。

「おまえたちは松倉さんの調べを手伝え」

浅く腰を屈めた下っ引きたちが松倉に声をかけた。

「松倉の旦那、溝口さんが駆けつけられました」

その声に顔を向けた松倉が声をかけた。

「これは助かる。まだ一間、手つかずの座敷がある」

「御支配のところに顔を出してから、おそらくおれが、その座敷を調べることになるだろう。御支配は、どこに」

「奥だ。家人の寝ている座敷が二間ある。そのどちらかだろう」

「奥へ行ってみよう」

そういって溝口が足を踏み出した。下っ引きたちと前原がつづいた。

つづく座敷には男三人の骸が横たわっていた。なかのひとりは十歳ほどの丁稚だった。小幡がひとりの骸の傍らに膝をつき、斬り口を調べている。廊下側に横倒しになった戸襖に、背中を斬り裂かれ、俯せとなった男の骸が載っていた。

真剣な眼差しで骸をのぞきこんでいる小幡に溝口が声をかけることはなかった。

台所がみえた。その手前にある座敷から上半身を廊下に乗りだすようにして息絶えている女の姿がみえた。近寄ると壁に寄りかかるようにして別の女が絶命している。寝巻の背中が溢れ出た血に染まっていた。

ふたりの女の骸が転がる、その座敷は、まだ調べの手がついていなかった。

下っ引きふたりに溝口が声をかけた。

「この座敷をくまなく調べるのだ。手がかりが残っているかもしれぬ。おれは御支配のところに顔を出して、ここにもどる」

「わかりやした」

下っ引きが顎を引いた。

座敷に足を踏み入れた下っ引きたちを見届けて溝口が歩きだした。前原が、それにならった。

次の座敷には若夫婦と幼子ふたりの骸が転がっていた。部屋側に倒れ込んだ戸襖をめくって安次郎が調べている。

声をかけることなく溝口が通りすぎていく。前原も安次郎に話しかけなかった。

さらに奥へすすむと、戸襖が開け放たれた座敷があった。そこに錬蔵がいた。座敷には老夫婦の骸が転がっていた。

まさしく血に飢えた獣の、情け容赦もない所業。一刻も早く盗人一味を捕らえねばならぬ。が、まだ、手がかりといえるものをひとつもつかんでいない。前原は、自分の不甲斐なさを思いしらされた気がして、おもわず奥歯を嚙みしめていた。

やってきた溝口と前原に気づいて老主人の骸をあらためていた錬蔵が振り向いた。

「ふたりとも昨夜は一睡もしておらぬはず、無理をさせてすまぬが、ここはひとつ頑張ってくれ」

「そのような気遣いは無用です。私は、女ふたりの骸が転がる座敷をあらためます。すでに下っ引きたちが調べ始めているはず」

「そうしてくれ。できれば、昼までには福見屋の調べを終えたい。そのつもりで、働いてくれ。前原は安次郎の調べに手を貸してやるのだ。あそこは四体の骸が転がっている」

「承知しました」

さらにふたりに錬蔵が告げた。

「福見屋の調べに目処がつき次第、砂村新田にある無宿人の集落へ向かう」

「砂村新田の無宿人の集落に何かあるのですか」

問いかけた前原に錬蔵が応じた。

「政吉が聞き込んできた噂話が気になった安次郎が、砂村新田にある無宿人の住む集落に出かけた」

「砂村新田にある無宿人の集落といえば、与吉が住んでいるところも砂村新田ではありませんか。まさか与吉の住んでいる集落では」

「おれも安次郎も、与吉の住んでいる集落が砂村新田のどこにあるか知らぬ」

「それは、私も、知りませぬ。お俊は、知っているはず」

どこに住んでいるかもわからぬ与吉を、いくらお俊の知り合いとはいえ大番屋で働けるよう口添えするとは、われながら軽はずみなことをしてしまった。悔恨が前原を襲った。

そんな前原のおもいを錬蔵は読み取っていた。

「与吉のことは気にせずともよい。その集落で安次郎が拾ってきた一品が、どうにも気にかかったのだ」

「その品とは」

「風車だ」

「風車とは、子供の玩具《おもちゃ》の風車ですか」

「そうだ。泥にまみれた風車だが、飛び散った血が染みたような跡があってな」

「飛び散った血？　返り血かもしれませぬな」

「その集落に住む無宿人たちが、ある大工の棟梁のところに働きに来ていたそうだ。その者たちが、ある日、突然、姿を現さなくなった」

横から溝口が声を上げた。

「殺されたのかもしれませぬな」

「集落をくまなくあらためれば、土を掘り返した跡が見つかるかもしれぬ。見つかったときは、そこを掘り返してみるつもりだ」

「骸が出れば、そこが盗人一味の根城だったことになりますな」

「決めつけるわけにはいかぬ。が、その集落に住む無宿人たちが殺されたことだけははっきりする」

無言で溝口と前原が顔を見合わせた。

「まだ何ひとつ、わかっておらぬ。だから調べにいくのだ」

穏やかな口調で錬蔵が告げた。

昼近くに福見屋の調べを終えた錬蔵は松倉に、下っ引き、小者ふたりとともに骸の片付けなど福見屋にかかわる一切の始末をするよう、命じた。

道案内をする安次郎と肩をならべた錬蔵は、溝口、小幡、前原、下っ引き、小者たちを引き連れて砂村新田にある無宿人の集落へ向かった。

無宿人の集落に着いた錬蔵は、風車が埋もれていたあたりに立っていた。傍らに立つ溝口に声をかけた。

「溝口、安次郎から、先日、ここにやってきたときの話を聞いてから、みなを指図して集落に土を掘り返した跡があるかどうか、虱潰《しらみ》しに調べ上げてくれ」

「承知しました」

うなずいた溝口の脇にいた安次郎が声をかけた。

「旦那、いや御支配は、どうなさるんで」

「おれは前原とともに出かける。たしかめておきたいことがあるのだ。ここに来てはじめてわかったのだが、おれが盗人一味とおもわれるふたりと斬り合った川辺は、ここから、さほど離れていないところなのだ」

「そいつは、おもいもかけねえことで」

呻いた安次郎に、

「そうだ。この集落の近くに無宿人たちの骸が埋められていたら、それこそ大変なことになる」

　錬蔵が応えた。

　小半刻（三十分）もしないうちに錬蔵と前原は二艘の舟が繫留されていた川辺にいた。

　鋭い眼差しで錬蔵と前原が地の一点を見下ろしている。

　喘ぐように前原がつぶやいた。

「ありましたな、ふたつの骸が」

「仲間の骸をほったらかしにしたままでいるとは、まさしく情け無用の所業。人のこころを、どこぞに置き忘れてきた奴ばら、このまま野放しにしておくわけにはいかぬ。一刻も早く捕らえねばならぬ。それなのに、おれは、いったい何をしているのだ。どう動けばいいのだ」

　おもわず奥歯を嚙みしめた錬蔵の歯軋りが、前原の耳に響いた。

　身じろぎもせずに見つめる錬蔵と前原の眼下に、仲間に止めを刺された男と錬蔵に斬られた男の骸が横たわっている。

四

握り飯十数個を盛った大皿を手にしたお俊が門番所へ向かって歩いていく。早朝の出役など人手が足りないことからくる、あまりの忙しさに門番たちは食事もままならなかった。そんな門番たちを見かねたお俊が、昼飯がわりに握り飯をつくってもっていく、と申し出たのだった。

門番所の表戸を開けて足を踏み入れたお俊は与吉の姿がみえないことに気づいた。

「与吉さんは」

訊いたお俊に門番が応えた。

「さっき知り合いが訪ねてきてね。話があるらしく、ふたりで表へ出ていったよ」

「知り合いが訪ねてきたのかい」

昔の掏摸仲間がやってきたのかもしれない。与吉さんは、まだ掏摸仲間とつながっているんだろうか。不安なおもいがお俊をとらえた。

「握り飯、ここに置いておくよ」

板敷の間の上がり端にお俊は大皿を置いた。

門番所を後にしたお俊は、表門へ向かい潜り口から外へ出た。

周囲を見渡す。

小名木川沿いの通り、川岸に立った与吉と遊び人風の男が肩を寄せ合っていた。お俊には、ふたりが何やら秘密めいた話をしているかのように感じられた。

あの男をつけてみよう。住まいがわかれば、何者か調べることができる。そう決めたお俊は、足を踏み出した。

万年橋のたもと近くに立つ木の後ろに身を置けば、与吉たちに気づかれることはない、と咄嗟《とっさ》に判断した上での動きだった。

やがて与吉が男から渡されたものを懐に押し込んで、離れた。与吉の手にしていたものは一枚の紙のようだった。

男が万年橋を渡るつもりか、お俊のほうに歩いてくる。

動くわけにはいかなかった。通りに背を向け、川面を見つめているかのようにお俊は振る舞った。横目で男の動きを追っている。お俊が予測したとおり、男は万年橋を渡っていく。振り向くと、与吉は、まだ門番所の前にいた。

潜り口をくぐって与吉が門番所のなかに入っていったのを見届けて、お俊は立木の後ろから通りへ出た。

急ぎ足で万年橋を渡ったお俊は、男を追った。

小走りに行くと男の後姿が見えた。

つける相手の歩調と同じような足取りでついていくと、尾行に気づかれにくいと、かつて安次郎が話してくれたことがあった。その安次郎のことばを、何度も自分にいい聞かせながらお俊は尾行をつづけていった。

男はお俊の尾行には気づいていないようだった。

亥ノ堀に架かる扇橋を渡った男は、そのまま河岸道を歩いていく。

大名家の下屋敷が三邸、建ちならんでいる。一邸めと二邸めを区切る塀の前、小名木川沿いに辻番所があった。つけてきたお俊は、辻番所を横目で見ながら通りすぎた。

男は三邸めの大名の下屋敷の塀の切れたところを右へ曲がった。その道の突き当たりを左へ折れると砂村新田へ出る。

訪ねてきた男は、砂村新田にある無宿人の集落に与吉とともに住み暮らす無宿人なのかもしれない。

あたしは余計な心配をしたのかもしれない。与吉さんのことを信じ切れない気持ちが、わずかなことでも疑いたくなる因《もと》なのかもしれないね。お俊は、苦い笑いを浮かべていた。

流鏑馬の日に再び与吉とめぐりあったときに、お俊は少しも与吉を愛しいとはおもわなかった。与吉が、小狡《ずる》いだけの、いかにちっぽけな男だったか、錬蔵を知った、いまのお俊には、よくわかっていた。

みすぼらしくなった、むかしの男に対する哀れみと、そんな男に恋した自分の惨めさを認めたくない気持ちがあいまって、ついつい余計な世話を焼いてしまったことを、お俊はこころのどこかで悔いていた。

できることなら、一日も早く与吉に姿をくらましてもらいたい、とおもってもいるお俊だった。

わずかの間だったが与吉のことにおもいをはせた分、つけている男への気配りが足りなくなった。

男の後を追って、突き当たりを左へ折れたお俊は愕然と立ち尽くした。

どこへ失せたか、男の姿はどこにも見当たらなかった。道の左右には大身旗本の別邸や大名家の下屋敷が数邸、聳《そび》え立っている。

大名家の下屋敷の海鼠塀《なまこ》が途切れたところから、十万坪や砂村新田の田畑や草むらが広がっていた。隠れようとおもったら、どこにでも身を潜めることができるだろう。

あの男は、後をつけてくるあたしに気づいていたのだ。尾行をまかれた。そのことが、お俊に新たな疑念を芽生えさせた。

やましいことがなければ、尾行をまいたりしないはず。そう考えたとき、いままで漠然と与吉に抱いていた疑いが、はっきりとしたものに変わったことを、お俊は強く感じていた。

何らかの企みがあって与吉は、あたしに近づいてきたんだ。畜生、なめやがって。どうしてくれようか。突然、躰が震えはじめた。身震いは、止めようとするお俊のおもいにかかわりなく、次第に激しくなっていった。

その震えは、堪えきれぬ怒りがもたらしたものだと覚ったとき、お俊は強く唇を嚙みしめていた。

ここから早く立ち去りたい、との衝動にかられた。お俊は踵を返した。どこへ行くか、自分にもわからなかった。

行く手がぼやけて、霞んでくる。

指先で目元を拭った。

その指が濡れている。

指先を見つめたお俊の目から、大粒の水滴がひとつ、こぼれ落ちた。

その一粒を慕うように、二粒、三粒とつづけざまに水滴が頬をつたわり落ち、堰《せき》を切ったようにお俊の目から涙が溢れ出た。

頬を涙で濡らしながら、お俊は歩いた。

悲しい、といえば嘘になる。空しい、といったら、自分で自分を笑いたくなるような気がした。与吉に裏切られたことだけが、ただ悔しかった。

が、涙が止まらない理由は、それではなかった。

その理由が奈辺にあるか、お俊にもわからなかった。

歩きつづけ、気がついたらお俊は、富岡八幡宮の本社の裏手、末社のそばにある、かつて与吉と待ち合わせた三基の燈籠の前に立っていた。

「馬鹿だね、お俊ちゃん。また、つまらない夢を見てしまったね。そういって燈籠さんが呆れてるよ」

おもわずお俊はつぶやいていた。

そのつぶやきがお俊を、さらに追い込んだ。

呆れてるのは燈籠さんだけじゃないよ。大滝の旦那に前原さん、安次郎さんだって、呆れるのを通り越して、どうしようもない、情けない女と蔑《さげす》むに決まっている。

不意に、お俊の脳裏に佐知と俊作の無邪気な笑い顔がくっきりと浮かび上がった。

佐知と俊作が満面を笑み崩して、お俊と追いかけっこをした、その日の光景が走馬燈のように脳裏を駆けめぐった。

次の瞬間……。

脳天を打ち砕かれるような衝撃が、お俊を襲った。もしも、与吉が兇悪な盗人の一味だとしたら、あたしは人殺しを鞘番所に引き込んだことになる。

そのとき、長脇差を振りかざした与吉に斬られ、血塗れになって倒れ込む佐知と俊作の姿が見えた。

これは幻ではない。すべてが、ほんとのことなんだ。錯乱が、お俊を捕らえていた。

「佐知ちゃん、俊作ちゃん、堪忍して。あたしが、あたしが、馬鹿だったんだよ」

呻いたお俊は、目を閉じて両掌で顔を覆い、崩れるようにしゃがみこんだ。

おずおずと手を離したお俊が、目を見開くと、目の前には三基の燈籠があるだけだった。

「いまのは、まぼろし、あんなにはっきり見えたのに」

独り言《ご》ちたお俊が、ふう、と大きく息を吐いた。こころの奥底に溜まった懊悩の澱を吐き捨てるための動きでもあった。

裾を払って立ち上がる。

じっと燈籠を見つめたお俊が、

「あばよ」

と声をかけるなり背中を向けた。

足を踏み出す。

鞘番所を守るんだ。そのためには、あたしは命を賭ける。手始めに与吉の正体を暴かなきゃ。与吉は久助から、あたしが鞘番所にいることを聞いたといっていた。それが本当かどうかたしかめれば、与吉が、何か企みがあって、あたしに近づいてきたことがわかる。久助に会えば、そのことはわかる。お俊は、久助の住まいへ向かっていた。

鞘番所に住み暮らすようになったお俊に錬蔵も、前原も、安次郎や同心たちも、掏摸仲間の住まいを教えろ、とは一言もいわなかった。お俊も、掏摸仲間のことを話そうとはしなかった。御法度を犯している掏摸とはいえ、昔の仲間を裏切る気にはならなかったからだ。

そんなお俊の気持ちを察して、錬蔵たちは掏摸仲間のことを口の端にもあげなかった。

いまのあたしには、鞘番所に住み暮らしている人たちだけが仲間なんだ。その仲間をどんなことをしても守り抜くんだ。そう覚悟を決めたお俊は、久助の住む裏長屋に一刻も早く着こうと、さらに足を速めた。

五

「久助さん、いるかい」

応えを待たずにお俊が表戸を開けた。

台所のある土間からつづく板の間に四畳半の畳の間しかない、全体で六畳ほどの広さの、ありきたりの裏長屋のつくりの久助の住まいには、人の姿はなかった。

どうみても久助は留守としかおもえなかった。が、お俊は迷うことなく足を踏み入れ、後ろ手で表戸を閉めた。

板敷に腰をかけたお俊が声をかけた。

「いるのはわかってるんだよ、久助さん。居留守なんか使わないで、早く出てこないかい、このとんちき野郎」

どん、と平手で板敷を叩いた。

障子の奥から人が這い出る音が聞こえた。久助は積み重ねた夜具の後ろに隠れていたらしい。

四つん這いになって顔をのぞかせた久助がいった。

「聞き覚えのある声だとおもったんだが、咄嗟におもい出せなくてな。早く出てこないかい、このとんちき野郎という言い方で、やっと、お俊だとわかったよ」

胡座《あぐら》をかいた久助にお俊が、

「与吉さんと会ったかい。この二ヶ月ほどの間にさ」

「与吉。あの夜逃げ野郎か。会うはずねえじゃねえか。足を洗うにも、まずは仁義を切らなきゃならねえという掏摸仲間の掟《おきて》を破った野郎だ。顔を見たら簀《す》巻きにでもしなきゃ、おさまらねえ。親方もそういってるぜ」

ぎょろりとした大きな眼を、さらに大きく見開いて久助がいきまいた。

「そうかい。与吉に会ってはいないのかい」

眉をひそめてお俊が呻くようにいった。

「お俊、おめえのことは、みんな、悪くいってねえぜ。鞘番所に住みついても、おれたち掏摸仲間のこたあ、何ひとつ口を割らなかったに違《ちげ》えねえ。その証に、おれたちの住まいに鞘番所の手が入らねえじゃねえか。お俊は、それなりに仲間への仁義を貫いている。鞘番所に居着くにも深いわけがあったんだろう。筋を通して足を洗った、ということにしておこうぜ、と親方もいっていた。おれも、こうして、むかしのまんま住み慣れた長屋で暮らしていられる。掏り損なって鞘番所の旦那方に捕まるのは、てめえの腕が悪いからだと諦めもつく。誰も恨む筋合いのことじゃねえ。みんな、そう覚悟を決めてるぜ」

まくしたてた久助にお俊が顔を向けた。

「久助さん、鞘番所に来てもらおうじゃないか」

「鞘番所だって。何でえ、突然、何を言い出すんでえ。おれが、鞘番所に顔を出したら捕まっちまうじゃねえか。勘弁してくれよ。このとおりだよ」

両手を合わせて久助がお俊を拝んだ。

「みょうな格好するんじゃないよ。誰が久助さんを捕まえるといったのさ」

「じゃ、なんで、おれが鞘番所に行かなきゃならねえんだよ。おれは厭《いや》だよ。行きたくねえよ。町奉行所や大番屋は大の苦手なんだよ」

「嫌いとか苦手だとか、そんなくだらない話じゃないんだよ。実は、与吉が鞘番所に来たんだよ、久助さんから、あたしが鞘番所にいると聞いたといってね。足を洗いたいとか、しおらしいことをいって、鞘番所に入り込んでしまったんだよ。昔のよしみで、ついつい、あたしが口を利いて頼み込んでしまったのさ。馬鹿だよね。けど、どこか様子がおかしいんで、疑い出した人もいてさ。それで、あたしも、動きだしたんだよ。久助さんに一緒に来てもらって与吉を前において、おれはてめえとは、ここ何年も会ったことはねえ、と啖呵《たんか》を切ってもらいたいんだよ。あたしの顔をたてておくれよ。頼むよ」

「与吉が、鞘番所にいるのかい。とんでもねえ話だ。わかった。そういうことなら一肌も二肌も脱ぐぜ。いますぐ鞘番所に出かけようじゃねえか」

腕まくりして久助が胸を張った。

海辺大工町にある久助の住む裏長屋から鞘番所まで、さほどへだたりはなかった。

急ぎに急いだお俊と久助が鞘番所に着くまで小半刻（三十分）もかからなかった。

物見窓ごしにお俊が声をかけると門番が顔を出した。

「与吉さんはいるかい。会わせたい人がいるんだ」

「それが、いないんだよ」

「いない。どこへ行ったのさ」

「ちょっと待っておくれ。いま、そこへ行くから」

物見窓を閉めた門番が荒々しく門番所の表戸を開け閉めして表門へ駆け寄る足音がした。

なかから潜り口を開けた門番が外へ出てきた。

「与吉さん、どこへ行ったか、いないんだよ。知り合いが訪ねてきて一刻（二時間）ぐらい、いたんだけどね。裏門の潜り口の扉が開いていたから、そこからこっそり出ていったんじゃないかとおもうんだが。知り合いが知らせにきたことで、何か心配事でもできたのかね。出かけるなら出かけるっていってくれたら、よかったんだけどね。よく働いていたし、黙って出かけたとなると御支配もいい顔はなさらないだろうしね」

門番が寂しげな顔をした。与吉を信じ切っているようだった。

眉をひそめたお俊が門番に問うた。

「安次郎さん、いま、どこにいるか、わかるかい」

「さあ、探索に出かけたら、みなさん、飛び回っているから、どこにいるか、わからないね。ただ」

「ただ、どうしたんだい」

「昨日、泥にまみれた風車を御支配に渡してくれ、といって安次郎さんの使いで政吉さんが持ってきたんだけど、御支配の帰りが遅かったんで、安次郎さんに返したのさ。あの風車、安次郎さんの様子からみて大事な手がかりになる品のような気がするんだよ。ひょっとしたら、その風車を拾ったところにいるかもしれないね、安次郎さんは」

「その風車、どんな品だった」

「風車に、どす黒い染みが何ヶ所もあってね、飛び散った血の跡のようにも見えたが」

「飛び散った血が染みたような跡がついていたんだね、その風車には」

「心当たりがあるのかい」

「あるんだよ、大ありさ。その風車を拾ったところに安次郎さんがいるかもしれないんだね」

「多分ね」

「行ってみるよ、場所は知っている。手間をかけたね」

門番にいってお俊が顔を向けた。

「久助さん、つきあってもらうよ」

「当たり前よ。こうなったら、とことんつきあうぜ」

平手で久助が自分の胸を叩いた。

早足で歩いていくお俊に後から来る久助が話しかけた。

「いやに急ぐな。もう少し、ゆっくりできねえのかい。おれは息が切れて、死にそうだよ」

振り向きもせず、お俊が声を高めた。

「だらしのない声を出さないでおくれ。一刻を争うことなんだよ」

さらに足を速めたお俊に、

「いままで以上に早足になりやがった。男勝りの勝ち気さは、ちっとも変わってねえな。歩きまわるのが商売の掏摸渡世で鍛《きた》えた足だ。おれも負けずについていくぜ。それにしても速すぎるぜ」

溜息をつきながら久助がつづいた。

砂村新田の無宿人の集落では、錬蔵に溝口、小幡、前原、下っ引きや小者たち、安次郎らが膝を折り、横一列にならんで、虱潰しに地面を掘り返した跡がないか、あらためていた。

やってきたお俊が声をかけた。

「安次郎さん、いるかい」

立ち上がった安次郎が、

「お俊、よく、ここだとわかったな」

歩み寄ったお俊が、

「わかったさ、風車の話を門番に聞いたからね」

「風車のことを聞いて、ここがわかっただと。どういうことでえ」

「ごめんよ、嘘をついてたんだ、あたしは。ここに来たことがあるんだよ、与吉を訪ねてね」

「与吉はここに住んでいたのか」

後ろを振り返って、お俊が目を伏せた。一言、一言、吐き出すようにいった。

「久助さんを、つれて、きたよ」

「久助を」

見やった安次郎の目線を受けて久助が一歩、前に出た。

「久助といいやす。与吉とは何年も顔を合わせておりやせん。間違いありやせん」

「ほんとうだな」

「間違いありやせん」

大声で安次郎が呼びかけた。

「御支配、前原さん、ちょっと来ておくんなさい」

立ち上がった錬蔵と前原が訝しげに安次郎を見た。お俊に気づいたのか意外そうにふたりが顔を見合わせた。

ふたりが早足で安次郎たちのもとに歩み寄る。

ちらり、と前原がお俊に眼を走らせた。お俊はうつむいたまま躰を硬くしている。

「お俊、どうしたのだ」

問いかけた前原のことばを遮るように安次郎が錬蔵に話しかけた。

「旦那、ここに与吉が住んでいたそうですぜ。お俊が、ここに与吉を訪ねてきたことがあるといっておりやす。お俊は、嘘をついたと詫びてますが」

「お俊、なんで」

困惑を露わに前原が呻いた。

「いえなかったんだよ。つまらない隠し事をしちまって、なんて詫びたらいいか。それと与吉は、もう鞘番所にいないんだよ。どこかに姿をくらましたみたいなんだよ」

「与吉がいない、だと」

「危ないと察して、逃げ出したに違いねえ」

相次いで前原と安次郎が声を上げた。

無言でやりとりを聞いていた錬蔵が久助に目線を流し、安次郎に眼をうつして問いかけた。

「この者は」

「久助という者で」

その安次郎のことばに呼応するように、身を乗りだして久助が声を上げた。

「あっしは久助という者で。ここ何年も与吉には会っておりやせん。与吉は嘘をついておりやす」

「そうか。与吉は嘘をついていたのか」

ちらり、と錬蔵が前原と安次郎に目線を走らせた。前原と安次郎は、無言で錬蔵を見つめている。

重苦しい沈黙が、その場を支配した。

その沈黙を破るかのように声が上がった。

「見つけたぞ。土を掘り返した跡が、刈りとった草々で隠されていた」

見やると集落の外れの、もっとも奥まったところを調べていた小幡が立ち上がり、草の束を手にして高々と掲げていた。

「溝口、下っ引きや小者を十人ほど連れて、近くの辻番所へ出向き、鋤《すき》に鍬《くわ》など骸を掘り出すための道具と荷車数台を借り受けてきてくれ。急げ」

「承知」

下知した錬蔵に応えて立ち上がった溝口が下っ引きや小者たちを振り向いた。

「出かけるぞ」

小走りに溝口が道へ向かった。溝口の下っ引きたち、小者たちがつづいた。

振り返って錬蔵が告げた。

「お俊、久助、よく知らせてくれた。手間をかけさせたな。御苦労だった、引き上げてもいいぞ」

「旦那」

「ほんとですかい。見逃してくださるんですかい」

ほとんど同時に、お俊と久助が声を上げた。

残っている小幡や下っ引き、小者たちに錬蔵が声をかけた。

「筵がけの小屋に鋤や鍬が置いてあるかもしれぬ。調べてみろ。もし土を掘る道具が見つかったら、ただちに地面を掘りはじめろ。丁寧にやれ。骸を傷つけてはならぬからな」

一斉にうなずいた小幡たちが筵がけの小屋へ走った。

無言で錬蔵が小屋へ向かって歩きだした。安次郎がつづく。行きかけた前原が足を止めて振り返った。

「お俊、大番屋へ帰って待っているのだ。御支配には、おれが話をする。必ず許してくださる。心配するな。御支配は、度量の広い、人のこころの機微がわかるお方だ」

早口でいい、小走りに錬蔵たちの後を追った。

茫然と立ち尽くすお俊に久助が声をかけた。

「しでかしたことは仕方がねえ。後は成り行きにまかせるしかねえぜ、お俊」

「そんなこと、わかってるよ」

「突っ慳貪《けんどん》な声を出したって、どうにもならねえよ。足を止めた旦那が仰有ってたじゃねえか。大番屋へ帰って待ってろ、とさ」

「わかってるって、いってるだろう」

強気の物言いをしようとしたお俊だったが、口調は弱々しかった。

「引き上げようや。おれは、帰るぜ」

背中を向けて歩きだした久助に、

「あたしも、行くよ」

小声でいい、足を踏み出した。

疲れた足取りで歩いていくお俊の耳に甲高い声が飛びこんできた。

「骸が、出てきたぞ」

足を止めて、お俊は振り返った。そこからは、無宿人の集落に建ちならぶ小屋しかみえなかった。

相次いで声が上がった。

「浅くて広い穴だ。掘って出た土が積み上がらないよう工夫したんだ。狡賢い奴らだ」

「幼い子の骸もあるぞ」

瞬間……。

お俊の脳裏に、飛び散った血の染みついた風車がくっきりと甦った。

許せない。あたしは与吉を許さない。あたしの手で与吉を始末してやるんだ。お俊はこころのなかで、そう叫んでいた。

先を行っていた久助が、立ち止まってお俊を振り向いた。

が、声をかけようとはしなかった。

ややあって、お俊が顔を向けた。

目が合った途端、久助が曖昧な笑みを向けた。お俊は、笑みを返すこともなかった。久助に向かってお俊が歩きだした。

小半刻（三十分）ほどして三台の荷車を小者たちに牽《ひ》かせて溝口がもどってきた。扇橋町の三邸つらなる大名の下屋敷の前にある辻番所の番人がふたり付き添っていた。地面に横たえられている、掘り出された骸は二十。いずれも一部が骨と化した無惨なものだった。

骸を見つめた溝口が顔をしかめた。

「これは、ひどい」

横に立った錬蔵が溝口に話しかけた。

「骸を近くの寺へ運んで無縁仏として葬ってもらうのだ。住職がしのごのいったら、深川大番屋支配、大滝錬蔵の命令だといって押し切れ。骸を葬り終わったら、荷車や道具などを借り受けた先に返し、直ちに大番屋に引き上げるのだ」

「承知しました」

応えた溝口が番人のひとりに訊いた。

「もっとも近い寺はどこだ」

「もっとも近いというわけではありませんが猿江裏町にある重願寺《じゅうがん》がよろしいのでは。住職がなかなかさばけたお人でして」

「そこに行こう。案内してくれるな」

「わかりました」

「骸を荷車に載せる。手伝ってくれ」

歩きだした溝口につづいて行きかけた、ふたりの番人に錬蔵が声をかけた。

「番人のひとりは残ってくれ。おれと一緒に土地《ところ》の名主の屋敷に行ってほしいのだ。名主に会えば、このあたりに住む百姓たちについて、話を聞くことができるだろう」

「名主さまは面倒見のいいお方、住人たちのことは、よくご存じのはずでございます」

「少し待っていてくれ。手配りをすませてくる」

そういって錬蔵が番人に背中を向けた。

番人を道案内に錬蔵と前原、安次郎、小幡と小幡の下っ引きふたりの六人は名主の屋敷へ向かっていた。無宿人の集落の、探索の後始末は溝口にまかせてある。後始末が終わり次第、大番屋に引き上げるよう、溝口には下知してあった。

名主の屋敷は十万坪と堀川をはさんで向き合う川沿いにあった。

下っ引きたちと番人を台所の板敷の間に待たせた名主は、奥の間に錬蔵と前原、小幡、安次郎を招じ入れた。上座に錬蔵、左右に小幡と前原、前原の斜め脇に安次郎が座している。

向かい合って坐るなり錬蔵が名主に問いかけた。

「このあたりの百姓たちのなかで今日、田畑に働きに出なかった者がいないか調べてくれぬか」

「働きに出なかった者ですか。下男たちに調べさせましょう。半刻ほど時がかかりますが」

「わかるまで待つ」

「承知いたしました。しばらく時をくださいませ」

白髪頭のやせ細った名主が深々と頭を下げた。

ことばどおり、半刻ほどして名主が座敷に顔を出した。

「隠亡堀近くに住む百姓が姿を見せなかったそうです。老夫婦と若夫婦の四人暮らしの働き者の一家が田畑の手入れをしないなんてありえない。気になった近くの百姓が住まいを訪ねたそうです。誰もいないのか声をかけても物音ひとつ聞こえなかったということでして。他の百姓たちは、みな田畑に出て働いていたそうです」

「調べ残しはないのだな」

「砂村新田で田畑を耕している百姓は、みんなで助け合っております。ひとりに聞けば、十人の暮らしぶりがわかります。百姓たちのつながりは、それこそ、かゆいところに手が届くような細かいものでして。もっとも、そうでなければ砂村葱《ねぎ》という、江戸中の評判をとるような青物など、つくりだせるはずがありませぬ。百姓衆が、こころをひとつに合わせ、助け合うべきときは、みなで助けるという風が、ここ砂村新田にはあるのでございます」

「働きに出なかった一家の住まいを教えてくれ」

「下男のひとりに、その家への道案内をさせましょう。その家に人の気配があるかどうか、その眼でたしかめてくださいませ」

「他に家人の数の少ない一家はないか」

「大体が老夫婦に若夫婦、若夫婦の子供数人、夫の兄弟などがひとつ屋根の下で暮らしています。少なくみても一家七、八人の暮らしがふつうかと」

「念を押すが、四人暮らしの一家以外に働きに出ていない一家はないのだな」

「そう聞いております」

「この家の下男の着ているものをふたり分、貸してくれぬか」

「造作もないこと、下男に命じて、すぐ揃えさせます」

やりとりに口をはさむことなく聞き入っていた前原たちに眼を向けて錬蔵が告げた。

「前原、安次郎、名主殿が支度してくれた下男の衣を借り、変装して、今日、働きに出なかった百姓家を探れ。遅くとも今夜の四つ（午後十時）までには異変の有る無しを見極めるのだ。道案内してくれたこの家の下男は、どこに百姓家があるかわかったところで引き上げてもらえ」

「承知しました」

「わかりやした」

相次いで安次郎と前原が応えた。

さらに顔を向けて、いった。

「小幡と下っ引きたちは、おれと一緒に大番屋に引き上げる」

「如何様」

応じて小幡が顎を引いた。

「名主殿、ふたりが変装し、道案内の下男とともに出かけるのを見届けた後、頃合いを見計らって引き上げる。世話をかけるが、それまでこの家に留まらせてもらう」

「何のもてなしもできませぬが、この座敷を自由にお使いくださいませ。私もおつきあいさせていただきます。それでは下男の衣を支度してまいります。暫時、お待ちください」

頭を下げ名主が立ち上がった。

名主が揃えてくれた衣に着替えた前原と安次郎は、百姓にみえないこともなかった。前原は藁《わら》でくるんだ大刀を手にしている。安次郎は前原の脇差を道具箱に入れ、肩にかついでいた。ふたりとも十手は懐に入れている。

下男とともに前原と安次郎が名主の屋敷を出た頃には、陽は、すでに西の山陰に沈みかけていた。錬蔵はふたりを庭先で見送った。

陽が沈み、あたりに夜の帳が降りてから、錬蔵、小幡、下っ引きたちと辻番の番人は名主の屋敷を後にした。できうるかぎり、人目を避けるため裏門から外へ出た錬蔵たちは、途中で番人と分かれ、闇にまぎれて急ぎ足で大番屋へ向かった。

砂村新田にある百姓家の雨戸は固く閉ざされていた。が、奥の畳の間では雨坊主の宇兵衛と桑吉ら子分十人が半円を描いて向き合っている。なかに与吉の姿もあった。

それぞれの前に湯呑みと肴が、あちこちに一升徳利がおかれている。酒盛りのさなかであった。

宇兵衛が一同を見渡した。

「七つ過ぎに近所の百姓が訪ねてきたのには驚かされたぜ。この百姓家の根城も、一日も早く引き払わないといけないようだ。鞘番所の大滝錬蔵の動きは速い。今日一日は福見屋の調べに費やすだろうとおもっていたが、無宿人の集落の探索までやってのけ、埋めた無宿人たちの骸まで掘り出しやがった。福見屋を見張っていた松造《まつぞう》は、あちこち引き回されて大忙しだったようだぜ」

皮肉な笑みを片頬に浮かべて桑吉が口をはさんだ。

「与吉がすんなり鞘番所に入り込んだんで、大滝錬蔵は見かけ倒しの甘い野郎だ、とおもいましたが、どうしてどうして、なかなかのやり手。撞木町のお頭の眼の届かない奥州あたりに稼ぎ場をうつして、あちこちで畜生働きをつづけたほうがいいんじゃねえですかね」

「弱気なことをいうな。深川の色里を撞木町のお頭が手に入れたら、おれに深川の仕切りをまかせると仰有ってるんだ。そのほうが、ずっと実入りがいいぜ。大滝の殺し賃ももらえるし、いい儲け口だ。与吉が、鞘番所に押し入る仕掛けをほどこしてくれた。明日の晩にでも鞘番所に殴り込んで大滝を斬り殺せば、後はてめえひとりでは何もできない、能なし野郎が揃っている鞘番所だ。逃げまわるより強気の攻めをするほうが得をとれるというものだぜ」

得意げに与吉が鼻をうごめかせた。

「修繕するふりをして鞘番所の裏門の潜り口の閂《かんぬき》の留め金を、体当たりしたら、簡単に抜けるように細工しておきました。いつでも出入りできまさあ」

横から子分のひとりが声を上げた。

「それにしてもお俊という女には驚かされたぜ。元は女掏摸だというが、尾行の仕方もなかなかのものだった。扇橋を渡るまで、つけられていることに気づかなかったくらいだ。与吉、おめえ、よく、あんな油断のねえ女をたぶらかすことができたな」

せせら笑って与吉が応じた。

「鞘番所に、お俊が住みついていると知ったときは、しめた、とおもったぜ。あの女は、みょうに情にもろいところがあってな。哀れな素振りをみせれば、簡単に操れる相手さ。もっとも、いまでも、あの女が、おれに惚れているはずだとふんでのことだったが、見事、読みどおりに運んだぜ」

「色男ぶりやがって、この野郎。いい気なもんだ」

軽口を叩いた桑吉に宇兵衛が、

「からかうんじゃねえよ、桑吉。与吉は鞘番所に入り込んで大番屋の建家の配置を調べてきて絵図を描きあげてくれたんだ。満足できるものではなかったが、とりあえず役目は果たしてくれた。おれは、そうおもってるぜ」

苦笑いしながら与吉が応じた。

「とりあえず役目は果たした、とは、厳しすぎやしませんか。めったに出かけないお俊が、鞘番所の外へ出てきたのが流鏑馬の日、目の前で掏摸を仕掛けてみせて近づく、まさに一発勝負の策、あれはあれでけっこう大変だったんですぜ」

「てめえで、てめえのやったことを褒めて、どうするんだ。おれたちの稼業は、いつも一発勝負だぜ。しくじったらお終いだ。鞘番所襲撃も、同じことよ。明日に備えて、今夜は早めに寝るとしようや。いっとくが深酒は禁物だぜ。何があるかわからねえからな」

そういって宇兵衛が横になって肘枕をした。

大番屋に錬蔵がもどったときには、溝口と松倉は、すでに引き上げてきていた。小幡とともに同心詰所に足を運んだ錬蔵は松倉に、八木と下っ引きたちを迎えに大野屋へ向かうようにつたえた。

「大野屋で張り番をする同心、下っ引きたちが、ひとりもいなくなりますが」

問い返した松倉に錬蔵が応じた。

「そのまま政吉たちが裏手で張り番をしてくれているはずだ。大野屋の差配は、今夜は、政吉と富造にまかせる、とおれがいっていたと政吉たちにつたえてくれ。深更、一働きすることになるかもしれぬ。早く行け」

珍しく強い口調で松倉をせかした錬蔵が溝口と小幡に眼を向けた。

「溝口と小幡は、おれとともに大番屋内を見廻るのだ。与吉が押し入りやすいように細工しているかもしれない」

無言で溝口と小幡が顎を引いた。

表門へ向かって歩いていく松倉を見送って錬蔵が溝口と小幡を振り向いた。

「裏門へまわろう。表門には門番所がある。裏のほうが細工しやすい」

いうなり歩きだした錬蔵に溝口と小幡がつづいた。

裏門の潜り口のまわりを錬蔵たちが調べている。膝をついて、閂をかける、門柱につけられた留め金を調べていた小幡が声を上げた。

「これは」

「どうした」

その声に溝口がのぞきこんだ。無言で錬蔵が見やった。

留め金を小幡が力をこめて揺すると、しっかりと固定されていないらしく、小刻みに揺れた。

「留め金がゆるんでいます」

顔を上げて小幡がいった。

「溝口、門番所へ行き、修繕する道具を用意して駆けつけるよう門番に命じろ。怪しげな箇所は、見つけ次第、修繕していくのだ」

「如何様」

応えて溝口が背中を向けた。

懐紙をとりだした錬蔵が一枚抜き取った。残りの懐紙を懐にもどす。手にした紙を細長く折り畳んだ。その紙を緩んでいる留め金に結びつけた。

「修繕すべきところには、どんな目印でもよい。手近なものを使って目印をつけておくのだ」

「委細承知」

緊張を漲らせて小幡がうなずいた。

藁葺き屋根の百姓家の雨戸は固く閉ざされていた。百姓家の三方を取り囲むように、こぢんまりとした雑木林が広がっている。

その雑木林に前原と安次郎が身を潜めている。すでに名主の下男は引き上げさせていた。

「誰もいないようだが」

つぶやいた前原に安次郎が、

「見てくだせえ、屋根の煙出《けむりだし》を。かすかに煙が出てまさあ。なかで七輪でも使って煮炊きでもしているんじゃねえかとおもいやすが」

目線で指し示した。目線の先を追った前原が、

「なるほど、うっすらと煙が出ている。あの程度の煙の出方だと昼間は気づかないだろうな」

独り言のようにつぶやいた。

「もう少し様子を見ましょうや。半刻（一時間）ほど眺めていて、煙出から煙が出なくなったら、人がなかにいる証になりませんか」

問いかけた安次郎に、

「そのとおりだ。呼びかけても誰も出てこない百姓家の煙出から、煙が出ている。なかにいることを他人に知られたくない連中が、あの百姓家にいるという、たしかな証だ」

見据えたまま前原が応えた。


大野屋から引き上げてきた松倉と八木、大番屋内の調べを終えた溝口と小幡を錬蔵は同心詰所に集めた。

一同を見渡して錬蔵が告げた。

「裏門の潜り口の閂の留め金に細工の跡があった。強い力で押したら外れるようになっていた。おそらく与吉がやったのだろう」

「与吉が」

「与吉は盗人一味なのか」

同時に松倉と八木が声を上げた。静まるのを待って錬蔵が話しつづけた。

「押し込みやすいように閂に細工をする。襲撃を仕掛ける狙いがあるからこそ、やったことだろう。襲ってくるのは、深川の御店に相次いで押し入った盗人一味に違いない。早ければ盗人一味の夜襲は、今夜にもあるかもしれぬ。夜襲があると知りながら、手をこまねいて待つ気はない。小幡は同席したので知っているが砂村新田の名主への聞き込みで、盗人一味の新たな根城だとおもわれる百姓家が見つかった。前原と安次郎が見張っている。様子がおかしいことが判明すれば、踏み込むつもりだ。万が一、見込みが外れても深川大番屋の探索の網の目が狭められていることを盗人一味に知らしめることになる。出役の支度のまま、前原と安次郎の帰りを待て」

眦《まなじり》を決して一同が大きく顎を引いた。

間近に建つ錬蔵の長屋の表戸が開け閉めされる微かな音が聞こえた気がして、お俊は立ち上がった。深更のこと、すでに佐知と俊作は寝入っている。

土間に降りたお俊は、できうるかぎり音を立てないように表戸を開けて外へ出た。

錬蔵の長屋の表戸が見えるあたりの物陰に身を隠す。

まもなく錬蔵の長屋の表戸が開き、長脇差を腰に帯びた安次郎が出てきた。安次郎は出役のときか、刃物三昧の恐れがあるときにしか、長脇差を差すことはなかった。

斬り込むつもりなのだ。斬り込むとすれば盗人一味のところしかない。お俊は、そう推断した。

安次郎が立ち去ったのを見届けて、お俊は立ち上がった。長屋にもどり表戸をゆっくりと閉めた。

板敷の間に上がり、佐知と俊作の寝間に向かった。戸襖を細めに開けてお俊は、じっとふたりの寝顔を見つめた。

何もしてやれなかったね、馬鹿なお俊さんだった。俊作ちゃん、優しい大人になってお父っつぁんを手助けしてやるんだよ。佐知ちゃんは、いい人を見つけて、幸せなお嫁さんになっておくれ。こころでそう話しかけて、お俊は音がしないように戸襖を閉めた。

目頭を指先で拭う。

戸襖に背中を向けたお俊が唇を固く結んだ。

土間に降り立ったお俊は台所に向かった。

包丁を手にとったお俊は、鈍色の光を放つ刃先を凝然と見据えた。

裏門の潜り口から前原、安次郎に同心と下っ引きたちを従えた錬蔵が出役していく。その様子を立木の陰からお俊が見つめていた。最後の下っ引きが出ていった。見送っていた門番が潜り口に門をかけ、門番所へ引き上げていく。

門番の姿が闇に消えるのを見届けてお俊が裏門へ向かった。

門をはずして潜り口を開ける。

外へ出て、潜り口の扉を閉めたお俊は耳をすました。

かすかに乱れた足音が聞こえる。群れ集まった者たちが発する足音だった。

草履を脱いでお俊は裸足になった。できるだけ足音を立てないための策であった。

草履を手にしたお俊は小走りに錬蔵たちの後を追った。


すでに百姓家は眠りについているかに見えた。

その前に錬蔵は立っている。背後に、横一列に溝口ら同心たち、前原、安次郎がならんでいた。同心たちの後ろに、それぞれの下っ引きたちがしたがっている。

「溝口、小幡と下っ引きたちは裏口へ回れ。おれたちが斬り込んだら、直ちに斬り込むのだ」

無言で溝口と小幡がうなずいた。溝口が下っ引きたちに顎をしゃくって走り出した。小幡と下っ引きたちがつづいた。

裏口に溝口たちが着いた頃合いを計って、錬蔵がよばわった。

「御用改めである。深川大番屋支配、大滝錬蔵、直々にあらためる。なかにいるのはわかっている。雨戸を開けて出てこい」

大刀を引き抜いた錬蔵に前原、安次郎、松倉、八木がならった。下っ引きたちは手にしていた六尺棒を握りしめる。

足音が響いたかとおもうと、なかから雨戸が蹴倒された。

長脇差を手に桑吉たちが飛び出してきた。与吉の姿もあった。

「与吉、貴様は盗人一味だったのか」

声を荒らげた前原を与吉がせせら笑った。

「そうよ。雨坊主の宇兵衛の、れっきとした手下だぜ。お俊ともども、まんまと引っかかりやがって、この間抜け野郎」

「許さぬ」

刀を振りかざした前原に、横から手下のひとりが斬りかかった。身を躱した前原が丁々発止と斬り結ぶ。手強い相手だった。睨み合いながら前原と手下は相手の隙をうかがっている。

飛び出したはいいものの桑吉は、立ち塞がる錬蔵に気圧《けお》され後退りしていた。

「来い。斬りかかって来ないのなら、おれから行くぞ」

右八双に構えたまま一歩踏み出した錬蔵に、ことばにならない声を上げて桑吉が斬りかかっていった。

右へわずかに動いて錬蔵が袈裟《けさ》懸けに大刀を振り下ろした。刃をあわすこともなく、錬蔵の振るった剣は桑吉の首の根元を深々と斬り裂いていた。血を噴き上げながら桑吉が転倒した。

倒れた桑吉を見向きもせず、錬蔵は数歩、前にすすんだ。

溝口たちが踏み込んだらしく裏手のほうから剣戟の音が聞こえてくる。怒声と罵声が飛び交っていた。

鍔迫り合いをしていた安次郎が膝で盗人を蹴り飛ばした。よろけた盗人に向かって安次郎が長脇差を横に振った。胴を斬り裂かれた盗人が崩れ落ちるようにその場に倒れ込んだ。

松倉が左腕を斬られて、よろけた。止めを刺すべく斬り込もうとした雨坊主の宇兵衛の眼前に横から刀が突き出された。

咄嗟に、刀を弾いて宇兵衛が斜め横に走った。

右下段に構えた宇兵衛が刀を突き出した相手を見据えた。

正眼に大刀を置いた錬蔵が、前にいた。

「てめえ、強いな。大滝、錬蔵か」

わめくように問うた宇兵衛に、

「雨坊主の宇兵衛の手下と与吉が発したことばを耳にした。おまえが雨坊主の宇兵衛か」

問い返した錬蔵の物言いは、いつもと変わらぬ穏やかなものだった。

「訊いたことに応えろ。おれは雨坊主の宇兵衛。てめえは大滝錬蔵だな」

「大滝錬蔵なら、どうする」

「斬る」

吠えるなり宇兵衛が八双に構え、斬りかかってきた。錬蔵に向かって袈裟懸けに振り下ろす。眼にも留まらぬ太刀捌きだった。錬蔵は、その刃を鎬《しのぎ》で受けた。

次の瞬間、雨坊主の宇兵衛は後方へ跳び、再び八双から袈裟懸けに斬りかかった。錬蔵が受ける。

再び、宇兵衛が跳び下がり、間髪を容れず、斬りかかってきた。

同じ動きが数度、繰り返された。宇兵衛の打ち込みの強さに錬蔵の腕には痺《しび》れが走っていた。驚くことに雨坊主の宇兵衛の打ち込みは錬蔵の大刀の同じ箇所に打ちつけられている。

察するに宇兵衛は、狙った箇所をはずさぬ技を身につけているのだろう。相手の動きを見定め見逃さぬ、鍛え抜かれた眼の持ち主、おそらく天性のもの。このまま同じ部分に打ち込まれつづければ、いずれ刀は折れる。そう錬蔵は推断した。

これ以上、同じことを繰り返すと命を失うことになる。錬蔵は一か八かの勝負に賭けた。宇兵衛が跳び下がって、再び打ち込みにかかったとき錬蔵の左手は脇差にのびていた。

右手一本で宇兵衛の打ち込みを受ける自信はなかった。受けきれないときは、錬蔵の肩に宇兵衛の刀が食い込むだろう。

大刀を叩きつけてきた宇兵衛の腹に脇差を突き立てる。錬蔵が脇差を抜いて突く速さと宇兵衛の振り下ろす大刀の速さと、速さを競い合う。たがいの生き死にを決める一点が迅速さに絞られていた。

大刀を八双に構えて宇兵衛が斬りかかってくる。錬蔵は脇差を左手で引き抜き、宇兵衛に向かって突きだしていた。

肉に突き立つ鈍い感覚が、錬蔵の左腕につたわった。同時に振り下ろされた刀が錬蔵の、右手一本で持った大刀に叩きつけられていた。

が、その勢いは、いままでの半分ほどもなかった。脇差を離し、左手で柄をつかみ、両手で宇兵衛の刀を弾いた。

蹈鞴《たたら》を踏んだ宇兵衛が踏みとどまり、体勢をととのえた。

腹に錬蔵の脇差が深々と突き立っている。

突き立つ脇差を抜こうともせず、大刀を八双に構えた雨坊主の宇兵衛が一歩、二歩と歩み寄った。

正眼に刀を置いて錬蔵が後退る。

獣の咆吼《ほうこう》に似た声を宇兵衛が発し、高々と大刀を右上段に掲げた。

斬りかかろうとした宇兵衛の躰が、ぐらり、と揺れた。顔面を地にぶつけるように雨坊主の宇兵衛が前倒しに崩れ落ちた。

見渡すと溝口や小幡たちが盗人一味を斬り伏せていた。前原も、安次郎も相手を斬り倒した。松倉と八木は背中合わせに戦っている。

そんなふたりの相手をしていた盗人を横から躍り込んだ溝口が斬り捨てた。すでに立っている者のなかに盗人一味の姿はないようにおもえた。

突然……。

「逃がさないよ」

女の甲高《かんだか》い声が響いた。

振り向いた錬蔵の眼に、斬り合いの場から逃げようとしたのか、雑木林の近くに立っている与吉が飛びこんできた。行く手に包丁を構えたお俊がいる。いつものお俊の顔ではなかった。目が吊り上がっている。

「あたしを、騙しやがって。許さないよ。死ね」

叫んだお俊が与吉に突きかかった。

「おめえを殺して、とことん逃げのびてやるぜ」

長脇差を振りかざした与吉がお俊に斬りかかった。

が、突然、お俊の姿は与吉の眼の前から失せていた。お俊を求めて眼を剝いた与吉の脇を黒い影が走りすぎた。

胴を真っ二つに斬り裂かれて、血を溢れさせながら与吉が膝をつき、その場に倒れ込んだ。

伏した与吉の傍らに右手に大刀を下げた錬蔵が立っていた。

倒れたお俊が半身を起こして、茫然と錬蔵を見つめている。

「あたしを突き飛ばしたのは旦那だね。なぜ助けたのさ。あたしみたいな女を」

問いかけたお俊の声は嗚咽に似ていた。

無言で錬蔵はお俊を見つめている。

じっとお俊が見つめ返す。その目に光るものが浮いた。

「旦那、堪忍しておくれ」

叫ぶなり、お俊が喉に包丁を突き立てようとした。

その手をつかみ、捻り上げてお俊から包丁を奪いとった者がいた。

前原だった。

「死なないでくれ、佐知と俊作のために」

その眼に涙が浮いているのを、お俊は、しかと見届けていた。

「前原の旦那」

声にならないつぶやきだったが口の動きから、お俊が、そういったのを、その場にいる誰もが、みてとっていた。

包丁を手にしたまま向き直った前原が、お俊を錬蔵からかばうように土下座した。

「御支配、私が、私が、お俊に代わって罰をうけます。お俊を許してやってください。情けある裁きを、お願いいたします」

地面に額を擦りつけ前原が深々と頭を下げた。

膝をついた安次郎が、そんな前原の手をとった。手をとられたものの前原は頭を下げたまま身じろぎもしない。

ちらり、と、お俊を見返って、安次郎が錬蔵を振り向いた。

じっと錬蔵を見つめて安次郎が声をかけた。

「旦那、夢だ。お俊は夢のなかにいたんだ。そんなお俊の見果てぬ夢に、前原さんは、しらずしらずのうちに、お俊が夢から覚めないように、つきあっていただけなんだ。わかっておくんなさい。ふたりは、夢んなかにいたんだ」

凝然と安次郎を見つめ返して、錬蔵がいった。

「夢か。すべて、夢のなかのことか」

「すべて、夢のなかのことで」

応じた安次郎も、錬蔵と同様に、穏やかな口調だった。

瞬きひとつせず安次郎が真っ直ぐに錬蔵を見つめた。

その目線を受け止めた錬蔵が、ゆっくりと空を見つめた。

「雲ひとつない。満月が、きれいだ」

夜空には、いつのまに吹き散らされたのか雲の姿は消え失せていた。

澄み渡った天空に、清婉《せいえん》を誇って月輪が煌々《こうこう》と燦《きら》めいている。

【参考文献】

『江戸生活事典』三田村鳶魚著　稲垣史生編　青蛙房
『時代風俗考証事典』林美一著　河出書房新社
『江戸町方の制度』石井良助編集　新人物往来社
『図録　近世武士生活史入門事典』武士生活研究会編　柏書房
『図録　都市生活史事典』原田伴彦・芳賀登・森谷尅久・熊倉功夫編　柏書房
『復元　江戸生活図鑑』笹間良彦著　柏書房
『絵で見る時代考証百科』名和弓雄著　新人物往来社
『時代考証事典』稲垣史生著　新人物往来社
『考証　江戸事典』南条範夫・村雨退二郎編　新人物往来社
『新編　江戸名所図会　〜上・中・下〜』鈴木棠三・朝倉治彦校註　角川書店
『武芸流派大事典』綿谷雪・山田忠史編　東京コピイ出版部
『図説　江戸町奉行所事典』笹間良彦著　柏書房
『江戸町づくし稿―上・中・下・別巻―』岸井良衛　青蛙房
『江戸岡場所遊女百姿』花咲一男著　三樹書房

『江戸の盛り場』海野弘著　青土社
『天明五年　天明江戸図』人文社

吉田雄亮著作リスト

修羅裁き	裏火盗罪科帖	光文社文庫	平14・10
夜叉裁き	裏火盗罪科帖㈡	光文社文庫	平15・5
繚乱《りょうらん》断《だ》ち	仙石隼人探察行	双葉文庫	平15・9
龍神裁き	裏火盗罪科帖㈢	光文社文庫	平16・1
鬼道裁き	裏火盗罪科帖㈣	光文社文庫	平16・9
花魁殺《おいらんさつ》	投込寺闇供養	祥伝社文庫	平17・2
閻魔《えんま》裁き	裏火盗罪科帖㈤	光文社文庫	平17・6
弁天殺《べんてんさつ》	投込寺闇供養㈡	祥伝社文庫	平17・9
観音裁き	裏火盗罪科帖㈥	光文社文庫	平18・6
黄金小町	聞き耳幻八浮世鏡	双葉文庫	平18・11
火怨裁き	裏火盗罪科帖㈦	光文社文庫	平19・4
傾城番附《けいせいばんづけ》	聞き耳幻八浮世鏡	双葉文庫	平19・11
深川鞘《さや》番所		祥伝社文庫	平20・3

転生《てんしょう》裁き　裏火盗罪科帖(八)　光文社文庫　平20・6
放浪悲剣　聞き耳幻八浮世鏡　双葉文庫　平20・8
恋慕舟　深川鞘番所②　祥伝社文庫　平20・9
陽炎《かげろう》裁き　裏火盗罪科帖(九)　光文社文庫　平20・11
紅燈川　深川鞘番所③　祥伝社文庫　平20・12
遊里ノ戦　新宿武士道(1)　二見時代小説文庫　平21・5
化粧《けわい》堀　深川鞘番所④　祥伝社文庫　平21・6
夢幻《むげん》裁き　裏火盗罪科帖(十)　光文社文庫　平21・10
浮寝岸　深川鞘番所⑤　祥伝社文庫　平21・12
逢初《あいぞめ》橋　深川鞘番所⑥　祥伝社文庫　平22・3
縁切柳　深川鞘番所⑦　祥伝社文庫　平22・7
蛇骨の剣　草同心闇改メ　徳間文庫　平22・11
涙絵馬　深川鞘番所⑧　祥伝社文庫　平22・12
侠盗五人世直し帖　姫君を盗み出し候　二見時代小説文庫　平23・3
徒花の刃　草同心闇改メ　徳間文庫　平23・5
鬼神舞い　黄門黒衣組(一)　光文社文庫　平23・11

夢燈籠　深川鞘番所⑨　祥伝社文庫　平24・2

一〇〇字書評

夢燈籠

切・り・取・り・線

購買動機（新聞、雑誌名を記入するか、あるいは○をつけてください）	
□（　　　　　　　　）	の広告を見て
□（　　　　　　　　）	の書評を見て
□ 知人のすすめで	□ タイトルに惹かれて
□ カバーが良かったから	□ 内容が面白そうだから
□ 好きな作家だから	□ 好きな分野の本だから

・最近、最も感銘を受けた作品名をお書き下さい

・あなたのお好きな作家名をお書き下さい

・その他、ご要望がありましたらお書き下さい

住所	〒				
氏名		職業		年齢	
Eメール	※携帯には配信できません	新刊情報等のメール配信を 希望する・しない			

この本の感想を、編集部までお寄せいただけたらありがたく存じます。今後の企画の参考にさせていただきます。Eメールでも結構です。

いただいた「一〇〇字書評」は、新聞・雑誌等に紹介させていただくことがあります。その場合はお礼として特製図書カードを差し上げます。

前ページの原稿用紙に書評をお書きの上、切り取り、左記までお送り下さい。宛先の住所は不要です。

なお、ご記入いただいたお名前、ご住所等は、書評紹介の事前了解、謝礼のお届けのためだけに利用し、そのほかの目的のために利用することはありません。

〒一〇一－八七〇一
祥伝社文庫編集長　坂口芳和
電話　〇三（三二六五）二〇八〇

祥伝社ホームページの「ブックレビュー」からも、書き込めます。

http://www.shodensha.co.jp/bookreview/

祥伝社文庫

夢燈籠《ゆめどうろう》　深川鞘番所《ふかがわさやばんしょ》

平成24年 2 月20日　初版第 1 刷発行

著　者　吉田雄亮《よしだゆうすけ》
発行者　竹内和芳
発行所　祥伝社《しょうでんしゃ》
東京都千代田区神田神保町 3-3
〒101-8701
電話　03（3265）2081（販売部）
電話　03（3265）2080（編集部）
電話　03（3265）3622（業務部）
http://www.shodensha.co.jp/
印刷所　堀内印刷
製本所　積信堂
カバーフォーマットデザイン　中原達治

Printed in Japan ©2012, Yūsuke Yoshida　ISBN978-4-396-33730-8 C0193

祥伝社文庫の好評既刊

祥伝社文庫の好評既刊

吉田雄亮
浮寝岸《うきねぎし》 深川鞘番所⑤

悪の巣窟、深川で水面下で何かが進行している!? 鞘番所壊滅を図る一味との壮絶な闘いが始まる。

吉田雄亮
逢初橋《あいぞめばし》 深川鞘番所⑥

深川の町中で御家騒動が勃発。深川の庶民に飛び火せぬために、大滝錬蔵は切腹覚悟で騒動に臨む。

吉田雄亮
縁切柳《えんきりやなぎ》 深川鞘番所⑦

縁切柳の下で男女の死体が発見された――深川を震撼させる事件が次々に発生。鞘番所支配の大滝錬蔵は!?

吉田雄亮
涙絵馬 深川鞘番所⑧

無頼浪人たちの標的は、深川一帯の絵馬堂に! 傑作時代小説、佳境のシリーズ第八弾。

佐伯泰英
密命① 見参! 寒月霞《かすみ》斬り 新装版

切支丹《きりしたん》本所持の疑惑を受けた豊後相良《ぶんごさがら》藩主の密命で、直心影流の達人金杉惣三郎《かなすぎそうざぶろう》は江戸へ。新剣豪小説!

佐伯泰英
密命② 弦月三十二人斬り 新装版

豊後相良藩を襲った正室の乳母殺害事件。吉宗の将軍宣下を控えての一大事に、怒りの直心影流が吼《ほ》える!